UN MONDE EN TOC

Fiction & Cie

Rinny Gremaud

UN MONDE EN TOC

Seuil

25, bd Romain-Rolland, Paris XIVe

COLLECTION
« Fiction & Cie »
fondée par Denis Roche
dirigée par Bernard Comment

Ce livre est édité par Olivier Rolin

ISBN 978-2-02-139094-0

www.seuil.com
www.fictionetcie.com

À Pierre, Ulysse et Lucile

PRÉFACE

Quand j'ai lu le manuscrit de Rinny Gremaud, il m'a plu immédiatement.

Le côté insolite de l'idée, d'abord : le tour du monde en cinq escales, cinq villes choisies pour héberger ces monstres du commerce mondialisé, les malls géants. Qu'est-ce qu'un *mall* ? Il faut peut-être l'expliquer, car nous autres Français, qui avons généreusement essaimé dans le monde des super ou hypermarchés, avons été épargnés par le phénomène du mall. Un mall, donc, c'est quelque chose comme un gigamarché (j'ose le néologisme) croisé avec Disneyland. C'est le domaine du gigantesque, de l'excessif, du record absurde. Des centaines de milliers de mètres carrés, « l'équivalent de soixante-huit terrains de football », « un peu plus que la taille du Vatican » pour l'un, dans l'autre on ferait tenir au rez-de-chaussée deux porte-conteneurs de la classe Triple E (quatre cents mètres de long sur soixante de large chacun, je le précise pour ceux qui seraient peu au fait des affaires maritimes). Là-dedans, des centaines de magasins, ou peut-être des milliers, qu'importe, proposant à une fiction de classe moyenne internationale des produits semblables d'un côté à l'autre du monde, vendus (ou en tout cas proposés) sous les mêmes enseignes du Canada à la Malaisie, de Pékin à Casablanca.

Mais ce n'est pas tout : pour que ça marche, il faut encore des attractions. Géantes, naturellement : la plus grande fontaine dansante du monde (à Dubaï), la plus grande piscine à vagues (à Edmonton), « les plus grandes montagnes russes d'intérieur », des aquariums spectaculaires dans lesquels nagent requins et (parfois) sirènes, des pistes de ski au milieu du désert... Des cinémas, des minigolfs, des restaurants et des rues « typiques », des hôtels proposant des chambres à thème géographique (avec palmiers ou congères en carton-pâte, selon le climat choisi). Car la logique folle du mall, c'est non seulement d'aspirer à lui la ville qu'il parasite, mais de rendre l'extérieur « entièrement facultatif », selon la belle formule de Rinny Gremaud. Le mall est fait non seulement pour qu'on y achète, mais tendanciellement pour qu'on y vive, puisque vivre c'est consommer. On y vient de loin, on y fait tout, manger, dormir, se divertir (enfin, pour ceux qui aiment ça), se photographier (c'est la grande réserve des selfies) ; mourir, éventuellement, bien que la seule chose qui ne soit pas prévue, ce sont les cimetières, mais ça viendra peut-être. On y est partout et nulle part. On pense à ces villes nouvelles chinoises qui prétendent reproduire Paris (tour Eiffel comprise) ou Londres, enfin les lieux chic de la planète. On pense même à ce récit fameux dans lequel Borges imagine une « carte de l'Empire qui avait le format de l'Empire et qui coïncidait avec lui, point par point ». C'est la fabrique d'un monde en toc.

Eh bien, ce qui est remarquable, c'est que ce monde de démesure et de tape-à-l'œil, Rinny Gremaud le décrit en adoptant un ton empreint, à l'opposé, de retenue et d'ironie – ces qualités éminemment littéraires. Tout en ne nous laissant rien ignorer de sa stupeur, elle ne joue pas les grandes orgues de l'indignation, tout est dit *sotto voce*. Ce n'est pas un ouvrage de sociologue qu'elle nous propose (même si certaines réflexions évoquent évidemment les « non-lieux » de Marc Augé), ni d'architecte ou d'urbaniste ou d'économiste, ni non plus un pamphlet de militante antimondialisation. Rien de plus éloigné de son registre que l'assurance du spécialiste ou la violence de l'imprécateur. Elle promène sur ce grand bazar clinquant, à la fois postiche et bien réel, un regard curieux, un peu effaré et de plus en plus atterré. Elle a l'honnêteté de reconnaître parfois certaines réussites (le Dubai Mall), de dire ses doutes (ce voyage a-t-il un sens ?), de faire part de sa lassitude croissante à mesure qu'elle parcourt les allées scintillantes de cet attrape-gogo planétaire. Mais lassés, nous, nous ne le sommes pas, grâce notamment à son humour léger, à la causticité de certains portraits (tel consultant, de son expérience professionnelle à Singapour, aura surtout appris « à distinguer les bars à putes des bars à touristes », tel architecte, *winner* de je ne sais quels *awards*, « ressemble à un agent d'assurances dessiné par Tex Avery »). Elle s'inquiète des conditions de vie de la serveuse philippine à Dubaï, mais ce qui la préoccupe avant tout, c'est ce qu'elle appelle l'« enlaidissement du monde » (à quoi participent les conditions de vie de la serveuse philippine). Et elle a bien raison, je crois, mais même là elle se moque un peu d'elle-même : ne vient-elle pas après tout d'un « boboland post-soixante-huitard » ? Nous avons besoin, pour connaître le monde, notre monde, de ce genre de regard à la fois aigu et modeste.

Je pourrais donner encore beaucoup de raisons qui m'ont fait aimer (aimer, pas seulement apprécier) ce récit d'un voyage à travers les mirages du commerce mondialisé : les portraits de villes esquissés, les destins évoqués, les traits contre l'*Homo touristicus* (« Voyager, être un cliché »). Mais je ne vais pas imiter les cartographes de Borges, et recouvrir parfaitement d'une préface, point par point, le beau texte mélancolique de Rinny Gremaud. Juste une dernière chose : il me touche aussi parce qu'elle y avoue avoir parfois les larmes aux yeux en pensant aux pingouins enfermés dans les sous-sols du Mall of the Emirates, à Dubaï, dont ils ne sortent que pour être lâchés dans un aquarium réfrigéré où des couillons vêtus de néoprène (que nous pourrions être) auront payé l'équivalent de 340 euros pour nager un instant avec eux.

Olivier Rolin

Voyager. Dans une valise, plier des vêtements pour le grand froid, des vêtements pour les tropiques, et des vêtements pour l'air conditionné. Un maillot de bain, des collants en laine de mérinos. S'imaginer des heures dans les avions – vêtements confortables. Serrant la main de gens en costume-cravate – vêtements de représentation. Marchant de longues heures dans des zones industrielles au bord des autoroutes – chaussures tout-terrain, tout climat, veste multipoches. Je fais le tour du monde, je suis journaliste.

Dans une trousse de toilette : un savon doux pour le visage, une lotion tonique, des rondelles de coton, un gel hydratant simple, une crème contour des yeux, une crème anti-radicaux libres de jour, une crème antirides de nuit, un fond de teint, une lotion démaquillante. Dans une pochette annexe : un crayon pour les yeux, un autre pour les sourcils (avec une petite brosse au bout), un anti-cernes, une petite boîte à fards camaïeu de beiges, un mascara, une pince à épiler, un blush, un rouge à lèvres clair. Je suis cette femme de bientôt 40 ans.

Sur le quai de la gare, un petit garçon et son père sont venus pour les adieux. Mon fils et l'homme que j'aime. Tous les jours de l'année depuis qu'ils sont dans ma vie je pense à eux comme à moi-même, ou plutôt en lieu et place. Je m'oublie. L'amour comme aliénation. Ils sont mon investissement le plus fort, le meilleur, le plus difficile, ils sont tous mes sacrifices. Le train s'éloigne. Voyager, s'enfuir.

À l'aéroport de Genève, où j'ai des habitudes. Entre la sortie de la gare ferroviaire et l'entrée du hall des check-in, il y a un trottoir qui longe le parking, strié de larges bandes de peinture jaune, l'asphalte en alternance lisse et rugueux. Je connais par cœur le bruit de la valise à roulettes à cet endroit-là, où elle adopte d'un coup un rythme binaire, rugueux, lisse, rugueux, lisse, « rrr », « sss », « rrr », « sss », cela dure moins de trente secondes, le temps de passer d'un intérieur à un autre, de se prendre une petite claque d'air frais au pas cadencé. À ce moment précis, mystérieuse synesthésie, à ce moment précis, je sais que je suis partie.

En janvier 2014, j'ai fait le tour du monde. Traversé tous les fuseaux horaires en direction de l'ouest, dont un par deux fois. J'ai tenté de m'adapter en cinq étapes sans jamais y arriver : Edmonton, Pékin, Kuala Lumpur, Dubaï, Casablanca, et retour. En un peu moins d'un mois, cinq de mes journées ont compté largement plus de vingt-quatre heures. Mais quelque part au-dessus du Pacifique Nord j'ai perdu un jour dans l'arbitraire des méridiens – c'était un samedi. Il y a cette expression qui dit « être à l'ouest ». Moi, j'y ai passé vingt-trois jours.

Dans ce court laps de temps, j'ai traversé quatorze aéroports, où j'ai vécu quarante-deux heures en tout. J'ai ôté mes bottes et sorti dix-sept fois mes appareils électroniques de mon bagage à main, pour passer dix-huit contrôles de sécurité – le différentiel relève de ces petits décalages culturels qui survivent dans les environnements les plus normés. Je suis montée et descendue treize fois d'un avion. J'ai passé près de cinquante-neuf heures en cabine pressurisée, les narines sèches et les pieds gonflés, à plus de 10 000 mètres d'altitude, somnolant devant l'écran pourri d'une console de divertissement, toujours la même, encastrée au-dessus d'une tablette rabattable. J'ai cumulé 23 800 miles sur la carte de fidélité d'une alliance aérienne, ce qui signifie que j'ai parcouru 38 300 kilomètres en avion.

J'ai fait le tour du monde et, avant mon départ, des gens ont cru voir, dans le jeu des capitales qui me servait de feuille de route, la possibilité d'un exotisme. Après tout, j'allais filer sur trois continents, connaître des climats extrêmes, – 23 degrés dans l'Alberta, + 31 degrés en Malaisie, côtoyer toutes les religions, évoluer dans cinq langues. Avec des superlatifs dans la voix et des points d'exclamation dans les yeux, on m'a souhaité bon vent, et beaucoup de plaisir. Je n'en ai pas eu, et pour cause : je suis partie faire le tour du monde des plus grands centres commerciaux. Température constante sur l'ensemble du voyage : 21 degrés en air conditionné.

C'est une drôle d'idée, bien sûr. Car chez les bien-pensants il est de bon ton de mépriser les centres commerciaux. On dit que les *malls* – prononcez « môle », « maul », voire « molle » – sont des lieux sinistres, déserts culturels et esthétiques, où errent les âmes mortes d'une population convertie pour le pire à la religion consumériste. On dit en l'espérant secrètement que les malls sont des modèles en voie de disparition, des dinosaures condamnés par la montée en puissance des marchés en ligne. On dit que les malls sont le cimetière des cultures vernaculaires et le pire de la globalisation. En général, chacun a son opinion toute faite, et en Europe industrialisée et francophone on estime surtout que les malls nous concernent fort peu, ou alors pas les intellectuels, pas les esthètes, pas les gens qui comptent, car ceux-là fréquentent les boutiques et les épiceries fines de leur quartier. Il ne viendrait à l'idée de personne de s'infliger de faire le tour de cette question, un état des lieux de la « mallification » du monde reviendrait à trop s'ennuyer.

Le mall, pourtant, n'est ni aussi exotique ni aussi périphérique qu'on l'espère. Parce qu'il est un concentré de rue commerçante, une réduction de la cité à sa fonction mercantile. Un environnement comme un laboratoire, qui figure ou préfigure, modélise, en fait, ce qui nous arrive à tous, au centre des villes.

Le mall est un extrait du monde. À sa manière, il est une utopie.

LAUSANNE

Je vis à Lausanne, sur les rives suisses du lac Léman. Aussi loin que remontent mes souvenirs, j'ai toujours été désolée de la laideur de ses rues. Je le dis sans snobisme, car, j'en suis persuadée, cette laideur n'est pas relative. Ce n'est pas parce que j'en ai vu des franchement plus belles que je trouve celles-ci si laides. Les rues de Lausanne, et en particulier celles de son centre, ont une laideur intrinsèque, j'irais même jusqu'à dire objective. L'enchaînement, depuis les années 1970, de choix architecturaux et urbanistiques désastreux s'est longtemps conjugué à un paysage commercial d'une remarquable pauvreté pour fabriquer un centre-ville tout à fait vilain, et apparemment irrécupérable dans son absence de chic. Ce qui ne veut pas dire encore que l'ensemble est dénué de charme. Mais à force d'y marcher j'ai développé une espèce de maussaderie, un accablement comme seuls peuvent en provoquer les environnements construits : ils paraissent si définitifs, et pour ainsi dire irrémédiables.

J'ai toujours pensé que Lausanne était trop petite pour moi. Je revenais de voyage, et sa laideur me sautait à la gorge. Cette ville que j'aime, que je préfère même à quantité d'autres, m'apparaissait à l'échelle du monde tout en impossibilités et en étroitesse d'esprit. Comme si le manque de panache que je reproche en général à ce coin de la Suisse se matérialisait dans le bâti, se reflétait dans les vitrines. Pauvre centre-ville, pauvres rues piétonnes, pauvre place du marché, qui n'ont rien à offrir que des cafés-restaurants poussiéreux et des enseignes sans imagination.

Il y a bientôt une décennie, j'ai commencé à observer à Lausanne un phénomène tout à fait déconcertant : tous les locaux commerciaux vides se transformaient tôt ou tard en magasins de chaussures. Une enseigne fermait ses portes – enseigne de n'importe quoi, boucherie, chocolaterie, prêt-à-porter, cadeaux-souvenirs, quincaillerie, librairie, mercerie, hi-fi, téléphonie mobile, meubles déco, solderie, que sais-je – et dans l'année ouvrait, au même emplacement, un magasin de chaussures. Même les magasins de chaussures étaient remplacés par des magasins de chaussures.

Invariablement, des boutiques milieu de gamme proposant des souliers sans qualité, dans un cadre sans intérêt. Parfois, il s'agissait de succursales de chaînes connues, dont on retrouvait les enseignes dans toutes les autres villes du pays, si ce n'est du continent. Mais souvent c'était des magasins indépendants, le genre qui n'emploie qu'une ou deux dames italiennes d'âge mûr et propose un assortiment de chaussures à talons mi-hauts fabriquées en Chine.

Je me suis imaginé enquêter sur cette étrange mutation du paysage urbain. Appeler la police du commerce et les gérants d'immeubles, faire du porte-à-porte dans les rues piétonnes, interroger le voisinage. Pour comprendre non pas pourquoi les autres commerces échouaient, mais en vertu de quelle(s) anomalie(s) systémique(s) les magasins de chaussures pouvaient se multiplier ainsi, sans pour autant faire florès, apparemment, puisque eux aussi finissaient par disparaître.

Pour ce que j'en sais, le commerce de chaussures milieu de gamme n'offre pas une marge opérationnelle formidable. C'est un secteur qui dépend beaucoup du climat économique. En période de crise, c'est typiquement le genre de dépenses dont la fréquence tend à diminuer au profit d'investissements plus ponctuels dans le haut de gamme : quand l'argent se fait rare, une bonne paire de chaussures, chère, durable et classique, vaut mieux, paraît-il, que plusieurs paires jetables au gré des saisons de la mode.

D'un point de vue conjoncturel, donc, une telle recrudescence était parfaitement contre-intuitive. Celle-ci ne pouvait dès lors s'expliquer que par une idiosyncrasie locale, une dérogation indigène aux lois du marché. Quelque chose dans la réalité économique autochtone favorisait la multiplication des magasins de chaussures.

J'ai élaboré plusieurs hypothèses.

La première était que ces magasins avaient moins pour vocation de vendre des chaussures que de blanchir les fonds de diverses économies souterraines. Le petit commerce, c'est bien connu, est la manière la plus facile de faire entrer l'argent sale dans le circuit licite. Qui vérifiera que les sommes déposées à la banque par le propriétaire d'un magasin de chaussures proviennent effectivement de la vente de chaussures ?

Ma deuxième hypothèse fut qu'à loyer égal les gérants immobiliers favorisaient systématiquement l'ouverture d'un magasin de chaussures, quelles que soient les propositions concurrentes. Parce que cette activité, peut-être, nécessite très peu de réaménagements, la relocation au terme du bail pourrait s'envisager plus aisément et à moindres frais.

La troisième était que les innombrables règlements, prescriptions sanitaires et autres ordonnances en matière d'activités commerciales avaient pour effet de dissuader toute entreprise dont la finalité n'était pas de vendre des chaussures. Le propriétaire belge d'une boutique de vêtements, installé dans la vieille ville, m'avait longuement fait part de son dépit et de sa frustration face à la police du commerce, dont il s'étonnait chaque jour qu'elle fût si castratrice. Au bout de cinq ans d'activité, et de guerre lasse, sa boutique, pour laquelle il avait eu des ambitions d'aménagement innovantes et systématiquement non conformes au règlement, avait été remplacée par un magasin de chaussures.

Enfin, quatrième hypothèse : Lausanne est mondialement réputée pour les dénivelés spectaculaires de sa topographie sur trois collines. L'explication serait alors simplement mécanique : ses pavés viendraient à bout plus rapidement qu'ailleurs des chaussures qui les foulent. Des quatre hypothèses, celle-ci était à la fois la plus simple et la moins réaliste. Mais étant la seule à reposer sur une éventuelle demande, elle méritait d'être envisagée, ne serait-ce que pour la forme.

Ensemble ou séparément, ces quatre pistes auraient sans doute permis de dissiper le mystère de cette prolifération. Mais l'idée de cette enquête a pris la poussière dans un coin de mon cerveau. Comme quantité d'autres projets remis à des lendemains meilleurs, celui-ci a fini par se dissoudre dans mon corps, je l'ai métabolisé, digéré, assimilé, jusqu'à développer l'illusion de l'avoir concrétisé. C'est le privilège des velléitaires, cette capacité de croire qu'entre l'émission d'une idée et sa réalisation il y a un pas si court, si négligeable en fait, qu'il est tout à fait inutile de le franchir.

Et puis, avec le temps, les choses ont changé à Lausanne. Pour le meilleur, une certaine gentrification a fait éclore, en des lieux épars, un genre de commerce nouveau, ciblé, indépendant et courageux. Pour le pire, un grand nombre de magasins de chaussures en faillite ont été remplacés par des agences immobilières, ou des enseignes de marques mondiales, succursales ou franchises. Ici comme ailleurs, elles sont les seules à pouvoir et à vouloir assumer de façon pérenne les loyers des locaux sis dans les lieux d'affluence des centres-villes.

En trente ans, j'ai vu Lausanne troquer sa laideur singulière contre une laideur planétaire, qui fait d'elle désormais le clone de la ville d'à côté, et de toutes celles de la même taille ailleurs dans le monde. Lausanne, hier trop petite pour moi, est devenue trop globale à mon goût.

*

Je ne cesserai de m'étonner du fatalisme avec lequel les gens acceptent de vivre dans ce genre de laideur. Comme si cette souffrance quotidienne, cette agression déprimante, abrasive, qui requiert du corps une résistance à la fois passive et permanente, ne touchaient réellement qu'une poignée d'esthètes oisifs et sensibles, qui n'ont qu'à déménager, après tout, puisqu'en général ils appartiennent aussi à la classe des plus fortunés. Qu'ils aillent se construire des villas d'architecte en banlieue, qu'ils aillent s'acheter un loft en quartier gentrifié et arrêtent de nous rebattre les oreilles avec ces complaintes de nantis. Le bon peuple, lui, n'a ni le temps ni l'argent de s'encombrer du bon goût.

Or je ne parle pas de goût, bon ou mauvais. Je parle de la laideur telle qu'elle se manifeste dans une rue piétonne, ou sur une place, lorsque celles-ci n'ont plus à offrir que des enseignes franchisées, des chaînes de prêt-à-porter, et des succursales de supermarchés. De ces vitrines uniformément criardes, surmontées des mêmes marques mondiales, plantées au pied d'immeubles construits ou rénovés sans style et sans esprit. De cette absence criminelle de vision ou d'originalité qui conduit les entrepreneurs les moins futés à ouvrir sans cesse, à profusion, et toujours avec une sorte d'optimisme imbécile, des franchises qui ne réjouissent que les gérants d'immeubles.

Si seulement ce n'était qu'une question de goût. Mais les entrepreneurs médiocres du commerce de détail ne sont qu'un symptôme, tout comme l'omniprésence des marques mondiales. Ils témoignent de l'état d'un système. D'une chaîne d'irresponsabilités, une addition de petits intérêts personnels, de lâchetés, d'abandons, le cumul des indifférences. Je parle des promoteurs immobiliers qui jouent la rentabilité et des autorités en charge de l'aménagement urbain qui s'en lavent les mains. Je parle d'une forme de libéralisme qui cache à peine le laisser-faire, et de la population de ces villes moches que cela ne révolte même pas.

Comment se fait-il que l'offre commerciale des centres-villes ne soit pas davantage un sujet politique ? On ne dit pas assez que le paysage urbain est facteur de bien-être citoyen. On ne le dit pas assez, parce que la consommation, l'achat et la vente de biens terrestres restent, chez ceux qui manient les idées, ce sujet un peu sale auquel personne ne veut toucher. Ou alors juste pour dénoncer une forme d'asservissement, de manipulation des masses.

Je crois quant à moi que l'aplatissement de l'offre commerciale des villes a des conséquences tout à fait concrètes qui dépassent le seul plaisir impur du consommateur, et touchent au cœur du sentiment de puissance ou d'impuissance du citoyen.

Le paysage commercial est une part essentielle de la réalité physique que nous habitons. S'il ne traduit plus un lieu et une communauté, mais seulement un système – celui des chaînes et des franchises, un système qui nous dépasse et nous ignore, un système pour lequel nous ne sommes rien et qui n'est rien pour nous –, il est alors indifférent d'être ici ou ailleurs. Ou nulle part, tant qu'à faire – par exemple sur internet, en pyjama dans son lit.

En même temps s'érode le sentiment du possible. Le commerce, le négoce ne sont plus le fait que d'une poignée de grands groupes industriels. Entreprendre au service de la collectivité, constituer une offre locale adaptée aux besoins d'une population singulière, devient une sorte d'abstraction, le modèle d'un autre temps.

Or à quoi tient le sentiment d'être chez soi ? À quoi tiennent l'ancrage, la communauté, et le lien social ? Et l'envie d'agir sur ce qui nous entoure, l'intuition même que c'est faisable? Les paysages urbains que nous traversons, et tout ce que nos yeux absorbent mécaniquement, les rues dans lesquelles nous promenons nos enfants, tout se sédimente. Et si tout est laid, uniformément laid, si rien n'est jamais possible à moins que ce ne soit laid, alors c'est le champ des audaces qui se rétrécit, en même temps que celui des désirs.

EDMONTON

L'Alberta est un État quasi rectangle dessiné sans fantaisie le long du quadrillage terrestre, 49e et 60e parallèles nord, 120e et 110e méridiens ouest, avec un gros dérapage en bas à gauche, où le crayon a buté sur les Rocheuses pour former cette figure géométrique ébréchée. À l'intérieur, des prairies et des hivers à couper au couteau. S'il était un pays, cet État enclavé du Canada se classerait quelque part entre le Qatar et la Norvège en termes de pétrodollars par habitant. On y trouve les plus grandes réserves au monde de sables bitumineux, nouvelles mines d'or où affluent les migrants à gros bras. En Alberta, il fait froid, mais il n'y a pas de chômage.

Froid : – 23 degrés. Seulement, à part affoler les commentateurs de télévision et les exaltés de l'information météo, ce chiffre ne signifie rien pour le corps. Les intérieurs, auxquels tous les êtres humains se cantonnent en hiver, sont surchauffés, et le résultat, c'est que l'on transpire sans arrêt à force d'être trop habillé.

Je suis au guichet des bagages perdus de l'aéroport d'Edmonton, deux heures se passent dans les vapeurs du jetlag. Une quarantaine d'autres dépossédés poireautent en file indienne, rescapés comme moi du chaos aérien causé par une tempête de froid venue du pôle. Les médias, qui ont le sens du spectacle, ont appelé ce phénomène « vortex polaire », comme dans un film catastrophe de Roland Emmerich, et en ces premiers jours creux de janvier, ces jours de *slow news*, cette anomalie météorologique occupe l'essentiel des actualités télévisées.

Tout le nord du continent américain est paralysé par la neige et la glace. Seul un avion sur dix décolle, et dans tous les grands aéroports de la région des gens dorment en boule sur leurs bagages à main, improvisent des bivouacs, les salles d'attente puent à mesure qu'elles ressemblent à des camps de réfugiés. Or le spectacle pathétique du touriste en débandade et de l'homme d'affaires échoué émeut, d'autant que chacun s'y voit en miroir. Depuis que la condition de touriste s'est hyperdémocratisée, l'aéroport compte parmi ces lieux familiers où la survenue du désastre devient matière à fantasmes. Et donc, matière à médias.

Pour désengorger les aéroports, les avions qui volent encore sont tous en surcharge de passagers. Conséquence technique : les soutes à bagages sont vidées dans les mêmes proportions. Une sélection aléatoire de valises est débarquée avant chaque vol et attendra autant que nécessaire la prochaine correspondance, tandis que les guichets des bagages perdus enregistrent en continu les lamentations du tiers au moins des voyageurs.

Devant moi, un jeune homme de 26 ans, la peau mate et des origines indiennes, un sweat-shirt à capuche et des jeans. Sous d'autres latitudes ou dans un film, il serait informaticien. Là, il est ingénieur mécanicien et se rend à Fort McMurray, un centre d'exploitation de sables bitumineux en pleine forêt boréale, une plateforme pétrolière en forme de ville, où l'on peut toucher un salaire à six chiffres sans avoir terminé sa scolarité obligatoire, où l'alcool et la prostitution sont les seules formes de distraction, où l'on travaille deux mois, puis l'on rentre deux mois chez soi – chez soi ou ailleurs. L'Alberta, c'est encore un peu le Far West.

Derrière moi, trois types arrivent du Nouveau-Brunswick. Eux aussi vont travailler dans les sables bitumineux, et correspondent davantage à l'idée que l'on se fait d'une population d'aventuriers. Deux sont des montagnes de chair poilue, 30 ans usés par l'alcool. Ils parlent sans arrêt, ou plutôt ils tonnent. Le troisième est presque maigre, visiblement plus âgé, la quarantaine finissante, le cuir fatigué des classes ouvrières, regard fuyant toujours au sol comme pour s'excuser de déranger, mâchant des mots rares et mal assurés. Ils ne se connaissent pas, les trois, mais se rendent ensemble dans un camp de la région de Cold Lake, à la frontière de la Saskatchewan, pour un nouveau job dont ils ne peuvent encore rien me dire. Ouvriers, sans qualification. Et très ennuyés par la perte de leurs bagages, qui contenaient, outre leurs affaires pour les mois à venir, leurs très précieuses bottes de travail. « Pas de bottes, pas de travail », grogne l'un des barbus, dégoûté à l'idée de perdre un jour de salaire du fait d'un caprice météorologique.

Il n'y a pas de hasard, seulement des probabilités. Dans un État riche en hydrocarbures mais pauvre en autochtones, dont la croissance réclame qu'il siphonne la main-d'œuvre en col bleu de tous les cantons du Canada et au-delà, les gens que l'on rencontre dans l'aéroport de la capitale appartiennent à cette classe des intermittents du pétrole. Personne ne vient faire du tourisme à Edmonton. C'est ce que m'expliquera deux jours plus tard la vice-directrice de l'office de tourisme.

*

Taxi, de nuit. Autoroute à trois pistes sous la neige. Le trafic est dense dans les deux sens, beaucoup de camions, de camionnettes, de véhicules à quatre roues motrices. Essuie-glaces contre flocons, gauche, droite, gauche, droite. Absence de ma valise dans le coffre. Je débarque à Edmonton comme rescapée d'un naufrage.

Le long de la route, rien que la prairie grise croulant sous la morte saison. Le temps passe à cinquante miles à l'heure, le paysage, lui, ne bouge pas. Les platitudes neigeuses se suivent et se répliquent dans la lumière des phares. Au filtre de la fatigue, le panorama ralentit jusqu'à croupir. Une écume de pensées, de rêveries en vrac, s'écoule de mes yeux encore ouverts.

Quand le taxi bifurque à angle droit, je suis tirée de ma somnolence dans un violent palpitement cardiaque. Mon auberge est là, qui m'ouvre ses larges portes automatiques et sa moquette mouillée, entre un parking, un champ de neige et le plus vieux des mégamalls d'Amérique.

*

Après trois jours de voyage depuis l'Europe, escales intempestives contre vents et marées polaires, j'échoue dans l'une des plus spectaculaires occurrences nord-américaines de nulle part. Le West Edmonton Mall s'étend là, de l'autre côté de la route, 493 000 mètres carrés, l'équivalent de soixante-huit terrains de football en langage journalistique, soit un peu plus que la taille du Vatican. Je lui fais face, dans une sorte d'excitation incompréhensible, qui m'échappe comme de l'enthousiasme et défie mon propre entendement. Je contemple l'un de ces lieux sur terre où le vide absolu s'est traduit en béton. Un immeuble pour contenir du loisir et des soldes, avec les proportions de la démesure.

Le West Edmonton Mall n'est pas, comme on l'imaginerait naïvement, une boîte à chaussures géante et borgne, tout en rectangularité. Construit en quatre étapes échelonnées sur quinze ans, il se présente davantage en longueurs et platitudes, telle une monstrueuse limande qui aurait avalé des formes géométriques étranges. Les zones dédiées au commerce se déploient sur deux niveaux seulement, mais certaines attractions, comme le super toboggan du parc aquatique, le grand huit à triple looping, ou le cinéma multiplexe, font comme d'immenses excroissances sur le dos et les flancs du bâtiment.

C'est du ciel, avec le regard de Dieu ou du drone, qu'il faudrait contempler cette construction pour la saisir dans son envergure colossale, baignant dans une vaste étendue de parkings. À mon échelle, l'échelle humaine, qui est aussi celle des clients qu'elle avale journellement, cette prise de conscience est impossible. La profondeur, l'ampleur du mall, restent toujours virtuelles, alors même que l'on est en sa présence, que l'on évolue dans son ventre.

*

Le West Edmonton Mall Inn, l'auberge où je suis descendue, compte quatre-vingt-huit chambres et ressemble à tous les hôtels de banlieue de ce continent : moquettes bleu roi, baignoires ultra-basses deux fois plus larges qu'en Europe, lits surdimensionnés pour clientèle en surpoids. Comme son nom le laisse entendre, il n'est séparé du mall éponyme que par un passage piéton et la largeur du parking de l'aile nord.

Trois nuits, payées d'avance. La porte de ma chambre au deuxième étage s'ouvre avec une carte magnétique. À droite après l'entrée, une salle de bains. Je pose là, sous l'interrupteur général, mon petit sac à dos, qui comprend tout ce que je possède désormais. À ma gauche, un kit thé/café sur une tablette vissée au mur, un paquet de cacahuètes, un autre de mini bretzels au sel (allitération ou pléonasme ?). Dessous, une corbeille à papier. Plus loin, la chambre s'élargit et s'ouvre sur deux lits queen size jumeaux, en face d'une télévision écran plat géante de la marque coréenne LG. Elle trône sur un buffet imitation acajou contenant un mini coffre-fort.

À l'évidence, je n'ai ni la bonne taille ni la bonne configuration familiale pour habiter cet espace, et je ne suis pas loin de vivre l'énormité du mobilier comme un reproche.

*

La grande glace de la salle de bains, qui occupe en largeur tout le mur à droite de la porte, me renvoie l'image familière de moi en voyageuse solitaire. Une image que j'aime, parce qu'elle efface le moi social, le moi qui triche. En voyage, je ne parais plus, je n'existe pour personne. Sans maquillage, je suis une fillette avec des rides. Le visage nu : petits plis autour des yeux, paupières qui se flétrissent, cernes bleuâtres, points noirs sur le nez, petits boutons, poils, rougeurs, cils courts, lèvres abîmées, teint livide et inégal.

Voyager seule, c'est suspendre un temps cette lutte perdue d'avance pour sauver les apparences, et se ficher éperdument d'être vue. Cesser aussi d'être une femme, ce corps visible, pour n'être plus que des yeux, ouverts sur les autres et le monde. Cesser de s'habiller, pour se couvrir seulement, s'effacer dans un vêtement fonctionnel, isolant, confortable. N'être plus qu'un déplacement, un mouvement. Voyager, c'est disparaître.

*

Inventaire matériel dans une perspective de survie : outre les vêtements que je porte sur moi, j'ai dans mon sac un ordinateur, mon passeport, un porte-cartes, un porte-monnaie, des câbles, un adaptateur universel, mon téléphone portable, des porte-documents pleins de rapports sur le marché de l'immobilier commercial, des billets d'avion électroniques et des numéros de réservation d'hôtels, des magazines et des journaux datés de la veille, un coussin gonflable en forme de U, une paire de gants, un bonnet.

Une crème hydratante pour les mains, un baume à lèvres goût « baies nordiques ». C'est tout.

Il est 18 heures, et 2 heures du matin à mon horloge interne qui est restée en Suisse. Je voudrais me coucher, allumer la télévision, me connecter au wi-fi gratuit, lire et détruire machinalement quelques e-mails sans importance, m'endormir le ventre vide, ou rempli de cacahuètes. Le voyage est un combat contre soi. Je vais aller le mener dehors. Je vais sortir faire quelques achats.

*

J'entre au West Edmonton Mall par Bourbon Street, au rez-de-chaussée de son aile nord. C'est une allée intérieure borgne, bordée de façades d'immeubles en trompe-l'œil, le sol est carrelé de pseudo-pavés, et l'ensemble est éclairé par des lampadaires de style parisien dont les ampoules imitent des flammèches orange, ce qui confère au lieu, à toute heure du jour et de la nuit, une atmosphère de début de soirée. À gauche, à droite, des restaurants, un grill, un italien, un mexicain, des pubs, des clubs et un piano-bar reflètent une diversité stéréotypée, un « mix » standard, une offre éprouvée : il y en a pour 95 % des goûts.

L'allée n'est pas très longue, une partie est en travaux. Chaque enseigne a sa « terrasse » donnant sur la « rue », séparée de l'« intérieur » de chaque établissement par des cadres de fenêtres sans vitre. Je mets des guillemets là où il n'y a plus que des signes creux, des éléments de décor citant le monde extérieur dans un environnement entièrement fermé. Ici c'est toujours l'été, c'est un peu le Sud, l'idée que l'on se fait de la *dolce vita*.

Bourbon Street, en référence à cette légendaire rue animée de La Nouvelle-Orléans, est l'une des trois allées « à thème » du centre commercial. À l'enseigne de The Red Piano, au milieu d'une salle tendue de velours, un homme en smoking et catogan joue et chante

Candle in the Wind moins bien qu'Elton John. Quelques personnes sont attablées, souvent des couples. À cette heure, il n'y a pas foule.

Passé cette zone, je débouche sur ce qui semble être l'artère principale du mall, où je marche sans but, juste pour voir. L'éclairage est devenu blanc, effet jour et ambiance active dans ce long tunnel de deux étages surmontés d'une verrière. Dehors, la nuit et le gel ne sont plus que des abstractions, souvenirs lointains d'un état animal, d'une époque de l'évolution où nous vivions encore au rythme nycthéméral, dans des conditions climatiques que nous ne choisissions pas.

Tout est à la fois connu et inconnu, les enseignes et les codes architecturaux, les comportements, les biens et les services. Au bout de cette large avenue, je tombe sur un petit faux lac intérieur où flotte une réplique à l'échelle 1:1 de la *Santa Maria* de Christophe Colomb. Un pont permet de traverser cette eau turquoise et chlorée bordée de rochers factices. Des gens se prennent en photo : un homme en polo rayé de rose et une femme sans âge, devant le faux bateau.

Le mall est relativement peuplé pour cette heure et ce jour, 19 heures un jeudi de janvier, en plein dans cet « après-Noël » réputé être le temps mort du commerce. Il y a un drôle de bruit de fond, le chuintement des fontaines, les pas qui claquent et couinent sur le sol, l'acoustique évolue avec la hauteur des plafonds.

Après dix minutes de marche, je devine à l'oreille qu'un changement de paysage est imminent, des bruits émanent d'un espace-coupole, d'un espace-arène, et soudain des cris sportifs me parviennent clairement, le choc d'un corps contre une paroi : c'est une patinoire, où s'entraîne une équipe de hockey. Bienvenue au Canada. Un grand filet blanc protège les badauds des sorties intempestives du *puck*, car certains s'arrêtent pour profiter du spectacle depuis la « terrasse » du « café » attenant où ils sirotent de grandes boissons lactées dans des gobelets en carton.

Je fais le tour de la patinoire par la gauche, je bifurque encore à gauche, et marche dans un flottement jusqu'à tomber sur une morne allée presque déserte bordée de boutiques de robes de mariée et de décoration d'intérieur, toutes déjà fermées. Enfin, j'aperçois de la lumière : l'entrée d'un grand magasin Target, un discounter américain dont la division canadienne déclarera faillite une année plus tard et fermera plus de la moitié de ses succursales, dont celle-ci.

Je décide d'acheter là tout ce qui me manque, dans la perspective de tenir un jour ou deux sans ma valise : nécessaire de toilette rudimentaire, sous-vêtements basiques, T-shirt. Mais pas de pantalon. Sans passer par l'essayage, l'entreprise est trop risquée, et l'idée me fait horreur de me dévêtir ici, sous les néons du low cost, à l'heure où mon ventre crie famine et mon moral expire. Plus tard, j'achèterai un pantalon chez H&M, car pas une seconde je ne doute qu'ici aussi, aux confins nord du continent américain, à l'orée ou presque des forêts ancestrales, le leader mondial du fast fashion aura planté son glorieux étendard. J'achèterai un pantalon les yeux fermés puisqu'à l'enseigne suédoise je connais ma taille par cœur. À 7 500 kilomètres de chez soi, se payer machinalement un vêtement strictement identique à celui qu'on a laissé dans sa penderie, voilà, entre autres, l'une des expériences fascinantes et désespérantes que peut offrir la globalisation.

Ce magasin Target dans lequel je me perds est à la fois colossal et vide. J'erre à la recherche d'un employé pour m'indiquer le chemin des dentifrices. Plus personne ne travaille dans le low cost, et encore moins dans le low cost en faillite. Il y a exactement dix fois plus d'employés au mètre carré dans une bijouterie Tiffany que chez Target – j'ai compté. D'ailleurs, je termine ma visite en scannant moi-même mes achats au bout d'une double rangée de douze caisses automatiques, sous l'œil indifférent d'une unique employée pakistanaise que je soupçonne d'être sous-payée. Dans l'univers du hard discount, le manque à gagner dû à d'éventuels « oublis » d'encaissement demeure infiniment moins coûteux que l'emploi d'un véritable être humain, même dans des conditions parfaitement dégradantes.

*

À 21 heures, heure d'Edmonton, mon corps a fait une nuit blanche, et je revis la sensation physique des petits matins adolescents, quand j'allais voir des concerts punks à l'autre bout de la Suisse, des concerts à 115 décibels dont on ressortait les oreilles pleines d'acouphènes et la tête vide d'avoir trop bu, des concerts à l'issue desquels il fallait occuper les heures entre la fermeture du club et les premiers trains du matin. Marcher dans les villes endormies, le corps en apesanteur, à la limite du coma, sans autre ambition que rester debout, survivre à la minute qui vient, puis à la suivante, et à la suivante encore. Avoir froid jusqu'au fond des entrailles, les pieds à vif dans des chaussures devenues insupportables. Puis verser dans une sorte d'anesthésie générale, la lucidité qui flanche, dans un état de fragilité psychologique proche du vertige.

Arrivée dans ma chambre, j'arrache mes vêtements dans l'urgence maladroite des amants pressés comme d'ultimes amarres larguées avant le sommeil, et dans l'instant qui suit je perds conscience dans mon lit XXL.

*

Ardabil est la capitale de la province du même nom, dans les confins azéris du nord de l'Iran, au pied du mont Sabalan, à une heure de routes vallonnées des rivages de la Caspienne, un pays en alternance de gris clairs et de verts intenses, fertile, agricole. En hiver, la neige efface les rues, la terre gèle.

Je l'imagine, Ardabil. Comme les villes de cette région, dominée par les dômes de ses monuments historiques, rayonnant autour de son Grand Bazar, possédée tout entière par l'appétit du commerce, de l'achat et de la vente de produits frais qui débordent des échoppes minuscules pour se répandre aux pieds des chalands, des poissons fumés, des breloques en or, des bois sculptés et des soies brodées, des légumes marinés et des pots de miel, dont les incomparables qualités sont vantées à pleins poumons par des hommes moustachus au physique de chats maigres. Je l'imagine, Ardabil, figée dans l'intemporalité du commerce de détail tel qu'il s'érige là-bas, en tradition, en art de vivre, sous une enfilade d'ogives sculptées, Ardabil où depuis la nuit des temps se croisent les cultures et s'échangent les devises, d'un siècle à l'autre, d'un versant à l'autre du continent eurasiatique.

Sans doute était-elle ainsi en ce début du XXe siècle, Ardabil d'où je choisis, en m'appuyant sur un faisceau d'indices faibles mais convergents, de faire partir le garçon nommé Jacob Ghermezian, à peine sa première moustache aux lèvres, menant d'un front volontaire quelque mulet chargé de tapis sur la route de Téhéran. C'était en 1919. Jacob Ghermezian, fils puîné d'une famille juive de peu de ressources, avait 17 ans à l'heure de son premier grand voyage.

Je m'avance, bien sûr, je brode, car les archives numériques de l'humanité ne disent rien de cet exil, encore moins des motivations qui animaient le jeune homme, et puisque sa descendance est avare de détails, sème des informations contradictoires, j'en suis réduite à supputer. Que grandir à Ardabil, ou Tabriz, ou Maraqeh, enfin, dans ce coin-là du Caucase que l'on nomme aujourd'hui l'Azerbaïdjan iranien et qui était alors le terrain de dispute préféré de la Russie impériale, de la Perse finissante, de l'Empire ottoman, puis des Soviétiques, que grandir là, au carrefour des puissances et des révolutions, ne laissait peut-être rien entrevoir de bon, sur le plan de l'avenir économique. D'autant que Jacob Ghermezian était juif.

Il s'en alla donc chercher sa subsistance ailleurs, vendre des tapis à dos de mulet, et la question de savoir si Téhéran fut sa première destination, ou seulement le point de chute d'un périple plus long, cette question est si anecdotique en regard de la suite que je choisis de ne pas m'en encombrer.

Tout le restant de sa vie, qui durera près d'un siècle, Jacob Ghermezian le consacrera à faire fortune. Et c'est dans cette poursuite incessante, cette fuite, qu'il reproduira, consciemment ou inconsciemment, le modèle du Grand Bazar où il gagna ses premiers tomans, et fera construire, des décennies plus tard, par-delà quelques mers et un océan tout entier, dans l'Ouest lointain et solitaire du Nouveau Continent, deux des plus grands méga-malls de la planète : le West Edmonton Mall et le Mall of America. À sa nombreuse descendance, il léguera un empire financier estimé à plus de 2 milliards de dollars, et ce fameux goût des affaires qui prend ses racines dans la nécessité.

*

Jacob Ghermezian était déjà un marchand de tapis prospère, sa fortune faite à Téhéran, lorsqu'il décide d'émigrer aux États-Unis à la fin des années 1940. Il mettra sa femme Miriam et ses fils, Eskandar, Nader, Raphael et Bahman, ainsi que sa fortune, et toute sa vie matérielle, dans un train peut-être, ou alors sur la route, à destination de Bandar Shahpur au nord du golfe Persique, ou Bandar Abbas sur le détroit d'Ormuz, qui sait. De là, en bateau, ils auront certainement contourné la péninsule arabique, traversé le golfe d'Aden, Bab el-Mandeb, la mer Rouge, le golfe de Suez, puis le canal en convoi sud-nord avec attente et croisement dans le Grand Lac Amer, Port-Saïd, la mer Méditerranée, escales on ne sait où, et passé Gibraltar qui s'ouvre sur l'Atlantique interminable, avant de débarquer, la peau salée par les vents et l'oreille interne dans tous ses états, aux pieds de la Liberté éclairant le monde, où la fortune sourit aux plus entreprenants.

De New York, Jacob Ghermezian importe et vend des tapis persans, tandis que ses fils entrent à l'université, l'aîné, Eskandar, ira jusqu'à Montréal, d'où il contribuera au développement de l'entreprise familiale. En 1964, les Ghermezian possèdent seize magasins de tapis dans toute l'Amérique du Nord, et l'année suivante ils se lancent dans la spéculation foncière, achètent et revendent des terres dans la région d'Ottawa. Deux ans plus tard, à l'aube du boom économique des années 1970, Jacob s'installe à Edmonton avec Eskandar, pour développer leurs affaires. Investi du bon côté du choc pétrolier, l'argent des Ghermezian se multiplie alors au-delà des espérances. Toute la famille finit par s'établir dans la capitale de l'Alberta, où en quelques années elle devient le plus important propriétaire terrien privé de la province.

En 1980, la récession qui durera une décennie commence à poindre lorsque Jacob Ghermezian, octogénaire alerte, est frappé d'un coup de génie anticyclique. Se souvenant peut-être du Grand Bazar d'Ardabil, de Tabriz, ou de Téhéran, il décide d'investir dans la grande consommation. Projet à 200 millions de dollars unanimement qualifié de suicidaire par les édiles locaux, le West Edmonton Mall et ses deux cent vingt magasins sur 106 000 mètres carrés ouvrent leurs portes en juillet 1981.

Alors que tout, de la situation géographique au contexte économique, vouait ce centre commercial démesuré à l'échec, son succès insolent donne des ailes à celui qu'en Alberta on appelle désormais « Papa » Ghermezian.

Deux ans plus tard, il décide de doubler la mise, et la surface de son mall. Parmi les autochtones, dont il faut se figurer que ce sont des colosses nord-américains, fils et petits-fils de bûcherons, de pasteurs et de chercheurs d'or, culturellement enclins à ne croire en la fortune que si elle provient de la terre elle-même, d'aucuns s'exclament alors qu'il faut faire interner le petit Juif iranien. La « Phase II » du West Edmonton Mall ajoute au complexe déjà surdimensionné pas moins de deux cent quarante magasins, une patinoire, un parc d'attractions et la réplique de Bourbon Street.

En 1986, l'Alberta est en pleine récession. Les Ghermezian, toujours animés de cette foi anticyclique mâtinée d'*hubris*, ajoutent encore 280 000 mètres carrés à leur centre commercial pour l'asseoir triomphalement en tête du classement des plus grands malls de la terre. Cette fois, l'extension porte la trace manifeste de l'admiration que « Papa » et ses fils vouent au modèle de développement de Las Vegas. Elle comprend un parc aquatique géant, un minigolf, l'hôtel Fantasyland, et le lac artificiel, baptisé Deep Sea Adventure Lake, où nagent des dauphins, un sous-marin, et le fac-similé de la *Santa Maria*. (Depuis, le sous-marin a été retiré parce qu'il nécessitait trop d'entretien pour peu de rentabilité, et les dauphins, qui étaient là fort malheureux, ont été remplacés, sous la pression d'associations amies des animaux, par des otaries qui ne le sont certainement pas moins.)

À peine les travaux terminés, le mall devient la plus grande attraction touristique de la province, un statut qui l'auréole aujourd'hui encore. Au début du millénaire, il affichait 60 millions de visiteurs par année, son pic d'affluence. Depuis, ce chiffre a chuté de moitié, mais la fréquentation du West Edmonton Mall surpasse encore celle des parcs nationaux voisins.

Jacob Ghermezian est mort à 98 ans, à l'aube du nouveau millénaire, alors que son grand œuvre connaissait l'apogée de son succès. Son portrait orne à présent, en majesté, la salle du conseil d'administration de Triple Five, la holding diversifiée qui chapeaute les investissements de la famille, de telle sorte que quiconque préside à cette table s'en trouve naturellement amoindri. L'image montre un homme en cravate et borsalino noirs posant devant une bibliothèque d'apparat, la bouche à l'horizontale et le sourcil gauche relevé comme un défi. Presque au centre de la photo, sur le noir d'un costume taillé sur mesure, la lumière fait éclater une médaille décernée par le gouvernement pour contribution significative au bien-être de ses concitoyens, de la communauté et du Canada tout entier.

*

Jeudi matin, 7 heures, dehors la nuit s'éternise. J'ai dormi par tranches de deux heures entrecoupées du visionnage partiel de mauvais documentaires sur la chaîne National Geographic – l'un sur la découverte du tombeau de Toutankhamon, l'autre sur la disparition mystérieuse d'un porte-avions dans le triangle des Bermudes. Épuisée, incapable de sommeil, tout hors de l'épaisse couette de plumes qui me protège me semble hostile, et en premier lieu l'idée même d'un petit déjeuner nord-américain servi en plateau dans la cantine d'un centre commercial. Machinalement, je me replie sur l'écran de mon téléphone portable pour oublier mes impuissances, échapper à la réalité et à l'idée ridicule de ce voyage. Roulée en boule, un carré de lumière blanche à la main, je prends des nouvelles de chez moi.

Les images et les mots doux qui me parviennent montrent un père et un fils, dans une routine qu'ils réinventent, sans la mère encombrante que je suis. Ils me manquent. Mon fils, comme un membre fantôme, une part amputée de moi-même dont mon cerveau chercherait encore les signaux. Et P. comme un corps alternatif, cet autre corps que le mien, qui, à sa manière m'appartient aussi, et dont j'aime par-dessus tout qu'il soit où je suis, corps satellite, corps aimant, qui me prolonge et rend tout possible.

Ils me manquent, et pourtant ils se passent bien de moi. Pourtant je me passe bien d'eux. Nous sommes devenus facultatifs les uns aux autres. Je pourrais disparaître pour longtemps, et peut-être pour toujours. Cette idée est un soulagement immense.

*

J'ai rendez-vous avec M. D., vice-présidente d'Edmonton Tourism, dont les bureaux sont situés au centre-ville. C'est l'occasion de vérifier, en le traversant, que ce dernier est bien en état de mort clinique. Jacob Ghermezian et son mall ont littéralement aspiré la population vers l'ouest. Mais la municipalité est sans rancune. « Le West Edmonton Mall nous a beaucoup apporté, estime M. D. En premier lieu, d'un point de vue publicitaire : Edmonton est une petite ville, mais où que l'on aille, y compris en Europe, les gens en ont entendu parler. Et c'est grâce au mall ! Nous pouvons dire que c'est lui qui nous a placés sur la mappemonde. »

De l'avantage des records mondiaux. Tel bâtiment est le plus grand, le plus haut, le plus quantitativement spectaculaire de sa catégorie, et voilà sa célébrité assurée, sa légende colportée par des canaux d'information qui, toujours plus, favorisent les classements, les Top 10 et les superlatifs. C'est pourquoi le West Edmonton Mall, qui a longtemps été le plus grand de la terre mais s'est fait déclasser en une décennie par le gigantisme asiatique et la mégalomanie moyen-orientale, persiste à lister dans son matériel promotionnel les records absurdes qui le distinguent encore : le WEM héberge les plus grandes montagnes russes d'intérieur à triple looping du monde. Ainsi que la plus grande piscine à vagues de l'univers. Il contient aussi le plus grand lac artificiel couvert de la planète. Et proposera bientôt le plus grand minigolf d'intérieur phosphorescent jamais conçu dans notre galaxie. Le WEM est comme une célébrité vieillissante qui se sait obsolète mais radote sur les vestiges de sa gloire.

M. D. est une femme britannique à lunettes d'une cinquantaine d'années, qui, il y a vingt ans, par amour, s'est installée dans les grandes prairies de l'Alberta. Récemment, pour une raison dont elle ne dit rien, elle a quitté son village reculé et a emménagé dans la capitale, où elle a pris la responsabilité qu'elle a aujourd'hui au sein du bureau de promotion économique et touristique.

Son expérience des petites communautés canadiennes éclaire le succès durable du mall des Ghermezian : « Notre population est éparpillée sur un territoire immense. Lorsqu'ils se déplacent pour des achats, les gens veulent pouvoir satisfaire tous leurs besoins en un seul lieu. Le WEM attire une clientèle à cinq cents kilomètres à la ronde, et ce, pour des besoins de consommation ordinaires. Je connais une famille qui vit à neuf heures de route d'ici et qui, chaque année, réserve deux nuits au Fantasyland Hotel pour faire le plein de fournitures scolaires avant la rentrée. Dans la foulée, elle profite du parc aquatique où il fait 30 degrés toute l'année, du cinéma qui passe les films à la mode, de la variété des restaurants, et des dernières tendances en léchant les vitrines. »

Le Fantasyland Hotel est un quatre étoiles de trois cent cinquante-cinq chambres situé dans le mall. Décoré comme un parc d'attractions, on peut y passer la nuit en famille dans une chambre africaine à moquette léopard, une chambre igloo sous des congères en carton-pâte, ou une chambre polynésienne avec palmiers d'intérieur.

M. D. affirme que le mall présente une offre commerciale aussi complète que le centre-ville de n'importe quelle grande métropole, la stabilité absolue des conditions météorologiques en plus. Elle m'explique que, souvent, les marques qui souhaitent tester le marché canadien choisissent le West Edmonton Mall comme premier lieu d'implantation. Certaines y arriment même leur *flagship*, leur vaisseau amiral. Par exemple – et c'est elle qui la cite –, la marque américaine de lingerie Victoria's Secret y occupe la plus grande de ses surfaces au Canada.

Grâce à son modèle de gestion dynamique, le mall a toujours quelque chose de nouveau à proposer, poursuit M. D. « Une grande bijouterie Tiffany y a ouvert ses portes juste avant Noël, et elle connaît une affluence phénoménale ! Allez la voir, c'est vraiment impressionnant. Ce succès illustre bien la croissance économique exceptionnelle de notre région. »

M. D. n'est pas la porte-parole du mall. Elle est responsable de la promotion touristique de la ville d'Edmonton. Mais, concrètement, les deux fonctions convergent. Car en déplaçant dans leur mall le centre de gravité de la ville les Ghermezian sont parvenus à privatiser l'idée même de la capitale, de la grande ville, de la cité et du marché, où, comme au Moyen Âge, on venait aussi aux nouvelles. De fait, pour une ville, il n'y a de centre que commercial. Qu'il soit historique ou préfabriqué, c'est le plus grand et le mieux achalandé qui gagne. Dans son ambition, dans son gigantisme, le West Edmonton Mall a absorbé l'espace public, pour le digérer entièrement dans le shopping et les jeux.

*

Deux jours se passent au West Edmonton Mall, deux jours qui pourraient se réduire à presque rien, ou se dissoudre dans l'éternité. Le temps ne s'écoule pas de la même manière en grande surface, dans l'absolu et *a fortiori* sous l'effet du décalage horaire. Le soleil ne se couche jamais au pays du commerce, ce qui, en un sens, pourrait rendre l'adaptation plus aisée. Mon expérience démontre toutefois que, privé de rythme astronomique, un corps qui vient tout juste de traverser huit fuseaux horaires se trouve comme privé de plancher et condamné à l'apesanteur. Pire : à l'absence de repères temporels s'ajoute ici la disparition des indices géographiques. Lorsque rien n'est différent, ni la température de l'air, ni les us, ni les espaces, le corps n'est plus tenu à aucune adaptation. Livré à lui-même, il dérive sans obstacle, jouissant alors d'une forme de liberté inquiète qui confine au supplice.

Dans l'axe de circulation principal, les enseignes de fast fashion se suivent et se ressemblent, vendant seulement sous des étiquettes différentes les mêmes habits fabriqués au Bangladesh. Elles alternent avec de plus petites boutiques de chaussures, de sacs à main, ou de vêtements de sport, et aussi avec des parfumeries, des lunetteries et des boutiques de téléphones portables, toutes de grandes marques internationales.

J'apprendrai de la bouche du gérant du WEM que les loyers au mètre carré sont ici, et partout ailleurs puisque c'est la règle dans l'immobilier commercial, différenciés selon l'exposition des surfaces aux flux des passants.

Le centre commercial établit cette hiérarchie de fait : les axes centraux, bien éclairés et jalonnés de fontaines, d'aires de repos et de buvettes, zones à forte densité de passage et loyers élevés, sont nécessairement bordés des enseignes mondiales ou haut de gamme, seules capables d'investir ces surfaces et de les rentabiliser. Les espaces les plus en vue sont ainsi réservés à des biens et services qui peinent à se différencier, relèvent de la pulsion de shopping, touchent à l'image de soi et au superflu.

Sont relégués en périphérie les mondes alternatifs, les intérêts bizarres ou déviants, les magasins pour vieux ou personnes en surpoids, qui n'ont pas les moyens de s'offrir un emplacement dans un lieu de grand passage. Pour ces biens et services que l'on achète par nécessité ponctuelle, par suite d'une marginalité choisie ou subie, il faut donc marcher plus longtemps, jusqu'à s'engouffrer dans les allées les moins engageantes.

Dans ces dernières, j'ai repéré quelques boutiques de vêtements pour femmes de taille 42 et au-delà, une enseigne spécialisée dans les comics dont le vendeur avait la coupe de cheveux de Wolverine, un surplus militaire qui fournit aussi des armes à feu, beaucoup de spa-ongleries avec ou sans rendez-vous, une échoppe coiffure-tatouage-piercing tout en un, une librairie, un magasin d'animaux vivants, un ophtalmologue, une chapelle œcuménique, un centre de formation continue, un guichet postal, un cordonnier, un centre d'aquamassage, et cette minuscule échoppe pleine d'amulettes en jade, de fossiles et de cornes de tricératops.

*

J'entre dans cette boutique remarquable. Elle est tenue par un petit homme d'origine libanaise d'une soixantaine d'années qui se présente comme docteur en géologie. Je décline mon identité et ma raison d'être là. « Vous tombez à pic ! Ce matin encore, j'ai ouvert en pensant combien ce mall était une bénédiction pour nous tous. J'ignore, franchement, à quoi ressemblerait cette ville sans lui », s'exclame le docteur G.

En 1986, lorsque Jacob Ghermezian agrandit son mall pour la troisième fois, il cherche de nouveaux locataires, et, en réalité, il n'est pas très sélectif. L'essentiel, dans un premier temps, n'est pas tant la nature de l'offre que la rentabilisation des locaux. Le docteur G., lui, tient une boutique de cailloux depuis trois ans au centre-ville. Edmonton s'enfonce dans la crise économique. Ce déménagement dans ce qui est devenu la seule zone de forte affluence de la ville le sauvera de la solitude et de la faillite.

Le docteur G. vend toutes sortes de pierres, déjà travaillées en bijoux ou à l'état quasi brut, ainsi qu'une vaste collection de fossiles qu'il a exhumés lui-même. « Ce trilobite Paradoxides, par exemple, m'a demandé douze mois de travail. » Se séparer de ces trésors est une nécessité et un déchirement. D'ailleurs, certains objets, qu'il soustrait au commerce, auraient davantage leur place au musée. Comme cette corne de tricératops.

Étrangement encastrée dans le périmètre d'une clinique dentaire, dans un coin du mall un peu mort où la plus grande attraction est un casino qui s'appelle Caesar's Bingo, sa minuscule échoppe reçoit des scientifiques de toute la région, qui viennent le consulter sur des trouvailles et lui demander conseil. « C'est une activité à forte valeur ajoutée intellectuelle, et, d'une certaine manière, les boutiques comme la mienne ajoutent du prestige à un centre commercial », dit-il avec une conviction immense.

Je quitte les quelque quatre mètres carrés du docteur G., non sans avoir bénéficié d'un cours express sur les qualités comparatives des minéraux indigènes et sur le travail de nettoyage des fossiles de poissons du crétacé. Je reçois en cadeau une petite ammolite typique des sous-sols de l'Alberta, qui devrait me porter chance si je la garde toujours sur moi.

De retour sur l'axe principal, je me demande à quoi ressembleraient les malls, ou même les centres-villes d'aujourd'hui, si rien ni personne ne triait à notre place ce qui relève de l'achat coup de cœur et ce qui constitue, ou non, une extravagance de toqué. On entrerait, pour tuer le temps, chez le docteur G., qui aurait pignon sur rue, au lieu d'aller essayer des parfums ou des lunettes de soleil. Sur un coup de tête, on dépenserait 299 dollars canadiens pour un trilobite du crétacé au lieu de se payer cette quatrième paire de lunettes de soleil qui échouera comme toutes les autres à donner un sens à la vie.

*

Comment peut-on passer une journée entière dans un centre commercial ? Comment peut-on y passer vingt-trois jours ?

Je rencontre L. au bord de la petite fontaine lumineuse qui décore l'artère la plus passante du West Edmonton Mall. Il y a là quelques assises rondes en cuir noir de style pouf, d'où l'on jouit d'une vue imprenable sur un étincelant cabriolet jaune occupant le pont de plexiglas qui enjambe la fontaine. Cette voiture est le grand prix d'un concours comme il s'en organise dans tous les malls des cinq continents, il suffit de renvoyer trois justificatifs d'achat de n'importe quel montant pour participer au tirage au sort. (Quelle alliance occulte unit donc les centres commerciaux et les constructeurs de voitures, qui, où que ce soit dans le monde, à force de concours partout identiques, entretiennent l'idée qu'une décapotable tape-à-l'œil est nécessairement le cadeau le plus désirable qui soit ?)

L. est assise sur un pouf, absorbée par son téléphone portable, tandis qu'autour d'elle deux enfants petits jouent avec une poussette en forme de voiture sous le regard à peine plus attentif d'une autre femme, moins jolie. L. porte, ouverte sur un large décolleté, une parka courte, cintrée et orange fluo de la marque Canada Goose, dont le capuchon à fourrure donne l'illusion de très larges épaules. L. a une carrure de souris, sur laquelle elle a choisi de coller une paire de seins en silicone trop grande pour elle. Son visage est recouvert d'une épaisse couche de maquillage où quatre rangées de faux cils spectaculaires achèvent de lui donner un air de poupée gonflable.

J'ignore si elle a pleinement conscience de s'ennuyer et, même après l'avoir écoutée me raconter sa vie, le doute persiste : ou cette femme sait que son existence est nulle et tente désespérément de l'oublier, ou alors elle l'ignore, faute d'avoir jamais connu ni observé aucune forme de plénitude. Voici la vie de L., telle qu'elle m'en parle, d'une voix doucement monocorde.

Tous les jours, c'est-à-dire au moins trois cent soixante fois dans l'année, L. vient au West Edmonton Mall. La plupart du temps seule, ou avec une amie. Pendant les vacances scolaires, elle emmène ses deux garçons de 4 et 7 ans, ceux qui sont là, en train de jouer autour de la voiture-poussette, sous la surveillance de leur nounou. Elle dépense ici entre 300 et 1500 dollars canadiens par jour, l'équivalent de 215 à 1 050 euros. Je calcule mentalement que, en moyenne, L. dépense 27 000 dollars canadiens par mois, et tandis que je me retiens d'écarquiller les yeux je cherche une contenance en lui demandant si, parfois, son mari a le temps de l'accompagner. Elle dit que non, il travaille beaucoup, il n'est pas toujours là, mais elle ne sait pas exactement ce qu'il fait. Quelque chose en lien avec le pétrole, une activité dont elle ignore absolument tout et ne s'en cache pas. Les vacances en famille sont rares. Les moments passés à deux aussi.

Chaque jour, au West Edmonton Mall, elle visite des magasins différents, mais sa préférence va à la portion du premier étage où s'alignent les enseignes de luxe. Aujourd'hui, elle n'a pas acheté grand-chose. Seulement quelques sous-vêtements La Senza, et deux parfums chez Sephora.

L. me parle comme elle pourrait ne pas me parler. Elle est indifférente aux raisons qui me poussent à l'interroger. L'intérêt que je porte à sa personne ne la réjouit pas plus qu'il ne l'inquiète. Selon toute vraisemblance, à lire les reflets de ses yeux noirs, L. vit dans un nuage de stupéfiants.

Comment peut-on passer une journée entière dans un centre commercial ? Comment peut-on y passer vingt-trois jours ? Avec un bon cocktail journalier d'anxiolytiques arrosé à l'alcool et flambé à la drogue douce, il s'avère possible d'y passer carrément toute une vie.

*

Reposée, d'humeur joyeuse, la cyclothymie du voyage. Ce matin-là n'est déjà plus le lendemain d'hier. Le monde s'offre à moi, et il est tempéré, climatisé, facile à vivre. Je n'ai qu'à traverser la route et plus de huit cents enseignes se proposent de répondre contre de l'argent à mes besoins élémentaires : nourriture, divertissement, estime de soi. Je songe que je pourrais, après avoir mangé, aller me baigner, visiter l'aquarium et les otaries, aller au cinéma. La plage est à deux minutes du multiplexe. Je songe que je pourrais me réinventer. Acheter une valise nouvelle, que je remplirais d'une personnalité nouvelle.

Et si je me mettais à aimer le shopping ? Et si je débranchais mon cerveau, pour me délester de moi-même et me vautrer dans le loisir-consommation ? Il suffirait de faire sauter ces barrières mentales qui empêchent seulement de jouir, et je pourrais m'évanouir dans l'hédonisme médiocre. Si peu de choses, presque rien, me séparent des surendettés de la classe moyenne.

*

J. S. est le vice-président exécutif du West Edmonton Mall. Gestuelle ample, aftershave de luxe, la trentaine proche de quarante, calvitie naissante, taille moyenne, corps sportif, boutons de manchettes, salaire mensuel à cinq chiffres. Il me reçoit dans la salle du conseil d'administration de Triple Five, où il s'installe en bout de table, dans le fauteuil de la direction, les jambes bien écartées, pour me signaler qu'il en a une grosse paire. Au-dessus de lui, la photo de « Papa » Ghermezian.

J. S. n'est pas de la famille. Mais il est dans la maison depuis dix-sept ans, autant dire qu'il a lui aussi été biberonné à l'éthique du travail juive-iranienne. Parce que je suis une interlocutrice sans importance, et sans doute parce que je suis une femme, de langue étrangère de surcroît, J. S. ressent le besoin instinctif de m'écraser. Il parle vite, bien, et sans s'arrêter. Souvent, il balance le haut de son corps sur le dossier inclinable du fauteuil, les doigts tendus en losange sur la poitrine. Lorsqu'il bouge, c'est de toute son envergure, il occupe le terrain. En dépit de ses efforts, je sais que J. S. ne sera jamais calife à la place d'un Ghermezian. Je sais qu'il le sait aussi.

Nous parlons de la condition des malls en Amérique du Nord, de la conjoncture économique, de la concurrence du commerce en ligne, du modèle d'affaires des méga-malls, de la gestion opérationnelle du WEM, de la sécurité, des travaux de rénovation en cours.

J'apprends qu'aujourd'hui une situation au sud ou au nord du 49e parallèle compte dans la survie d'un méga-mall. Aux États-Unis, le Mall of America a été durement frappé par la crise économique après 2008, et peine encore à s'en remettre, tandis qu'au Canada le West Edmonton Mall a bénéficié de la rente pétrolière pour accélérer la reprise. De taille et d'organisation comparables, les deux méga-malls n'ont pas la même assise pour affronter la crise structurelle qui fait des ravages dans le secteur : la montée en puissance du commerce en ligne.

Face à cette modification durable des comportements, le WEM comme le MoA présentent déjà l'atout majeur d'être depuis toujours d'importantes destinations de loisirs. Tant que les gens s'y rendent, pour un cinéma, une baignade, une soirée au piano-bar, un tour en autos tamponneuses ou un black jack au casino, les malls peuvent continuer d'afficher des chiffres de fréquentation suffisants pour attirer de nouveaux locataires et maintenir le niveau des loyers. Le fait que cet afflux se traduise toujours moins par des dépenses en magasins est un problème indirect pour le mall, qui n'est que le propriétaire des murs. En période de récession, les locataires sont priés de rester discrets sur leurs difficultés, pour ne pas plomber l'ambiance. (Le patron d'une boutique sur le point de fermer m'apprendra qu'on lui a interdit d'afficher « liquidation pour fermeture » sur ses vitrines. À la place, il doit évoquer des « soldes exceptionnelles » et susurrer à l'oreille de ses clients les plus fidèles qu'il prend une retraite anticipée.) Les espaces laissés vacants pour cause de fermeture « naturelle » sont réaffectés à des activités de divertissement, à un type de consommation non cyclique, ou alors confiés en location à des chaînes et des franchises. Autrement dit, le divertissement de masse sert à maintenir les loyers à un niveau qui ne peut plus être justifié par les revenus escomptés du commerce. Bien entendu, J. S. ne me présente pas les choses avec tant de cynisme, le tableau doit beaucoup à mon interprétation personnelle.

Après une heure de conversation, mon hôte m'écrase la main et me raccompagne à la sortie des bureaux de Triple Five. Ils surplombent Europa Boulevard, la troisième rue thématique du centre commercial, avec Bourbon Street et Chinatown. Sur une hauteur de deux étages se dressent des façades d'immeubles en carton-pâte « inspirées des plus belles capitales européennes » et abritant des enseignes supposément porteuses des goûts du Vieux Continent (il s'agit pour l'essentiel de franchises britanniques).

À l'instant précis où nous nous quittons, nous sommes à la fois à Paris, à Venise et à Londres.

*

Les heures passent, et la journée. Je suis accoudée à la rambarde de la patinoire, je regarde un groupe de retraités suivre un cours – je pense coccyx fracturé. Je suis dans un magasin American Apparel – j'essaie une écharpe sans y croire. Je suis à la table d'un coffee shop qui n'est pas un Starbucks. Je suis dans une salle de cinéma qui diffuse le dernier film de Martin Scorsese. Je parle avec une vendeuse chez The North Face – elle a 22 ans, gagne 13 dollars canadiens de l'heure, le West Edmonton Mall est le plus grand pourvoyeur d'emplois pour les étudiants de la ville.

Je regarde nager une tortue de mer. Je mange un cheeseburger à l'enseigne du Swiss Chalet (en Amérique, Suisse = fromage). Je suis assise au bord de la fontaine, je compte pendant trente minutes le nombre de femmes qui portent un sac provenant d'une boutique de lingerie, Victoria's Secret ou La Senza (qui appartiennent toutes les deux au groupe L Brands) – j'en dénombre une sur sept. Je discute avec un grand adolescent qui sort du surplus militaire où il vient d'acheter un couteau – l'année prochaine, il s'engagera dans l'armée. Je passe un quart d'heure dans un casino à observer une grosse femme qui joue à la machine à sous, un type de la sécurité me prie de dégager. J'entre dans la chapelle œcuménique. J'en ressors deux heures plus tard, les gens de l'association qui la gère m'ont dit que, parfois, ils célébraient là des mariages. Il y a quelques mois, c'était une première, ils ont organisé une cérémonie mortuaire.

*

Demain, je pars pour un autre continent.

Au moment de concevoir ce voyage, j'ai fait l'hypothèse que chaque étape contribuerait à composer, à l'emporte-pièce, un état des lieux du monde.

De quoi le West Edmonton Mall est-il la scène ? De l'immensité des espaces et des solitudes, de la rudesse du climat, de l'abondance des ressources naturelles et du travail comme ascenseur social (ici, il fonctionne). Il y règne un certain esprit des pionniers, du pétrole et de l'argent. Venus de loin, les marchands de facilité et d'oubli se partagent le territoire avec les vendeurs de camouflage et d'ostentation. Les usines du monde qui produisent à bas coûts trouvent à s'y déverser, grâce au travail des intermédiaires, spéculateurs, fabricants de valeur ajoutée. On y joue l'envie d'être ensemble, en famille, entre amis, mais aussi ensemble, dans la communauté et dans le monde. On y croise des individus, des personnalités, dans la singularité de leur histoire, en quête d'une espèce d'ivresse. S'y reflètent les cycles économiques, les changements de paradigme, les révolutions industrielles, l'instinct de survie, la gestion du déclin et l'addition des petits compromis. On y comprend l'idée que les marchands se font de la demande, et celle que les acheteurs se font de la nécessité.

À Edmonton, dans l'Alberta, où je passe à peine soixante-douze heures, je recense ces ingrédients, je constate un état du mélange, leur conjugaison possible, disons en la forme américaine et à l'instant T d'une histoire économique. Ailleurs dans le monde, dans d'autres centres commerciaux, ces ingrédients seront les mêmes, à quelques nuances près. Le cocktail n'aura pas la même couleur, mais il s'agira bien du même bouillon.

Demain, je pars pour un autre continent. Ausculter un autre de ces nœuds, une autre de ces scènes, et trois jours plus tard un autre encore, puis un autre, jusqu'à démontrer éventuellement, l'existence d'une trame.

Demain, je pars pour un autre continent. À 5 heures du matin, je prendrai un bus pour l'aéroport. Puis un avion et un autre avion. Le voyage ne fait que commencer.

VANCOUVER

Le fleuve Fraser prend sa source dans les Rocheuses, au cœur de la cordillère qui sépare la Colombie-Britannique de l'Alberta. Avant de se jeter dans le Pacifique Nord, il tergiverse sur 1 375 kilomètres, creuse le plateau basaltique, inonde le fond des canyons, puis déchire les terres sylvestres pour se répandre en éventail dans le détroit de Géorgie.

L'estuaire du Fraser est un écosystème riche, notamment en esturgeons blancs, et a longtemps constitué le territoire de la tribu des Musqueam. Un peuple réputé inoffensif, mais qui, saisi peut-être de l'intuition que l'histoire ne lui réservait rien de bon, fit un accueil exceptionnellement farouche à Simon Fraser, négociant en fourrures de son état, et à la vingtaine d'hommes formant sa compagnie hirsute, malodorante, débarquée en 1808 avec pagaies, canoës et poudre à canon. Payé par la North West Company pour trouver une route navigable à l'ouest des Rocheuses, l'aventurier touchant au but ne trouva d'abord que fléchettes et hostilité et dut rebrousser chemin.

Un demi-siècle plus tard, des chercheurs d'or vinrent fonder là Vancouver sans trop demander leur avis aux Musqueam et le puissant ruban d'eau de 1 375 kilomètres fut baptisé du nom écossais d'un négociant en fourrures audacieux.

L'aéroport international de Vancouver occupe aujourd'hui l'essentiel d'une petite île, Sea Island, située à l'embouchure du bras nord de ce fleuve. Ses intérieurs de verre, parcourus d'escaliers roulants, de vastes allées de moquette et de granit poli, sont décorés d'œuvres d'art aborigènes monumentales, grandes pièces de cèdre rouge sculptées, peintes de couleurs vives, que je suis tentée par facilité d'appeler « totems », car comme la plupart des voyageurs en transit dans cet aéroport je ne connais rien aux traditions des peuples primitifs d'Amérique du Nord.

À quoi ces grands objets pouvaient-ils bien servir à l'origine ? Érigés dans un aéroport, de quoi sont-ils encore les marqueurs ? Le déploiement massif de cette esthétique a-t-il vocation à racheter, ne serait-ce qu'un peu, la destruction irréversible d'une culture sacrifiée à la ruée vers l'or ? Ou seulement à s'offrir du roman national, genre qui imprègne la communication des offices de tourisme ?

Quelles qu'en aient été les fonctions passées ou imaginées par leurs sculpteurs et commanditaires, force est de constater qu'aujourd'hui ces objets n'en ont plus qu'une seule : servir d'arrière-plan pour les usagers de l'aéroport dans la mise en scène photographique d'eux-mêmes en situation de voyage. En clair, les totems servent à se prendre en selfie devant.

Je vois un groupe de Chinois, justement, qui se photographie devant l'un d'eux. Plus loin, le même groupe s'autoportraiture devant la vitrine d'une boutique de souvenirs où les bricoles exposées sont bien d'apparence amérindienne mais ont été manufacturées dans le pays de provenance des touristes eux-mêmes, de l'autre côté du Pacifique Nord. Ironie de la mondialisation, flux insensés de biens et de personnes. Je suis manifestement la seule à en rire.

*

Mon voisin d'avion est chinois, tout comme les quelque trois cents autres passagers de cet A330 plein comme un œuf où il règne une odeur à la fois familière et dégoûtante, l'haleine de l'Asie elle-même, odeur âcre de riz fermenté et de piments transpirés, odeur refoulée des gosiers. Je la connais bien. On la trouvait en Corée, dans les transports publics, il y a deux décennies encore. Aujourd'hui, elle flotte parfois, résiduelle, dans les pièces où il n'y a que des vieux. Je peux vivre avec cette odeur, elle appartient à mon enfance.

Mon voisin voyage avec sept hommes qui lui ressemblent, la grande quarantaine rescapée du maoïsme, des visages ronds où les yeux sont des encoches, où l'acné a laissé des trous et le soleil des mélanomes. Pendant le trajet, ils s'apostrophent parfois par-dessus le dossier des sièges. Mon voisin est le seul de sa bande, si ce n'est de tout l'avion, à ne pas être assis à côté d'un Chinois.

Cet homme et moi passerons l'un à côté de l'autre un total de six cent quatre-vingt-quinze minutes, réduits à n'occuper que l'espace de nos corps, membres repliés, contraints à cette proximité de circonstance, cette intimité embarrassée et silencieuse que seul fabrique le vol long-courrier. Durant l'essentiel de ce temps, nous nous résumerons l'un pour l'autre aux désagréments causés par nos besoins élémentaires, allées et venues aux toilettes, odeurs corporelles.

Peu avant l'atterrissage, et à force de promiscuité, j'ai le sentiment que nous sommes mûrs pour une conversation. Je l'engage à l'heure du dernier plateau-repas.

*

Mon voisin vit depuis près de deux ans à Ottawa, où il travaille pour l'ambassade de Chine. Le vol Air China 992 est la deuxième des trois correspondances qui le ramèneront chez lui, dans l'agglomération de Chongqing, à Jiangjin, une petite ville nichée dans un coude du fleuve Yangzi. (Alentour, les rizières font des bassins d'eau grise et des terrasses en croissant sur les flancs mousseux et intensément verts de collines en chapelet.)

Son travail, dont je crois comprendre qu'il est lié à l'entretien des bâtiments de l'ambassade, lui offre deux mois de vacances biennales (oui, tous les deux ans). Avant Ottawa, il est resté trois ans à Washington, ce qui ne se manifeste en rien dans la qualité de son anglais – je peine à le comprendre, et apparemment c'est réciproque. Je calcule qu'en l'espace de cinq ans il n'a passé que quatre mois avec les siens. Les 93,33 % du reste de sa vie, il les a partagés avec des collègues, main-d'œuvre chinoise d'exportation comme lui, entre son lieu de travail et, probablement, l'espace d'un petit appartement rempli de lits superposés.

La vie de mon voisin m'ouvre une fenêtre sur la condition des travailleurs chinois, dont il me semble qu'ils sont nombreux, déplacés en Asie et dans le monde, au service de leur pays et de leurs compatriotes fortunés. Je me demande si, à l'échelle chinoise des inégalités, le fait de partager son quotidien avec sa propre famille, conjoint et enfant, famille nucléaire, n'est pas le plus grand des luxes et, au fond, la dernière des priorités en regard de la nécessité de gagner sa vie.

Plus tard, juste avant d'atterrir, il m'interrogera à son tour sur ce qui m'amène à Pékin.

Je dois lui dire que j'écris un livre sur l'ennui. Sur la répétition, le déjà-vu, la copie, les bégaiements du paysage construit, le monde en toc qui se rétrécit, et la disparition du voyage romantique, cette invention européenne. Lui dire que j'écris un livre pour constater que tout est partout pareil désormais, indifférent, uniforme, lissé par ce que l'on nomme les *best practices*, la mondialisation des managers, ces ressources humaines toutes issues des mêmes moules, détentrices des mêmes MBA, que capitalistes et gouvernements consultent ponctuellement, pour un mandat, un audit, un rapport de *benchmark*, en vue par exemple de l'édification d'un mall ou d'un aéroport. Je dois lui dire que j'écris un livre sur la fabrique de la monotonie qui modèle les villes et nous anesthésie tous, classes moyennes consommatrices de tous les pays.

Bien sûr, rien de tout ce petit discours n'affleure, mon petit dégoût du « système », mes dénonciations de nantie me restent au fond de la gorge, retenus par ce que je sais de la Chine moderne telle qu'elle se construit aujourd'hui, en villes-clones, et par ce que j'entrevois désormais de la condition chinoise dans les yeux de mon voisin.

Je songe un instant à ce que contiennent sans doute ses valises, à ce qu'il ramène d'Ottawa, pour sa fille de 12 ans, sa femme, ses parents, des kilos d'objets de consommation provenant sans aucun doute d'un centre commercial, objets témoins du rêve nord-américain qui justifieront son absence le temps d'un déballage joyeux, avant que ne s'installent la gêne, le silence de l'enfant et de sa mère, qui regarderont ce père, ce mari, et le côtoieront deux mois durant, comme un étranger qui ne le serait pas tout à fait.

Je lui réponds que je voyage pour affaires. Il me sourit sans poser d'autres questions, puisque rien n'est plus ordinaire sur un vol à destination de Pékin.

PÉKIN

Sept ans plus tôt, sept années-lumière à l'échelle du développement asiatique, j'ai visité Pékin pour la première fois. L'expérience touristique était alors largement non sous-titrée, et l'hostilité encore palpable à l'égard des étrangers. J'avais retenu que le chinois était cette langue qui s'aboyait, sauf dans les Starbucks, les rares poches de mondialisation qui avaient déjà atteint la capitale. Contrairement à partout ailleurs, les serveuses y portaient du fond de teint et susurraient la langue universelle qui sert à commander des « Caramel Latte Double Espresso Grande ». C'était avant les Jeux olympiques. Depuis, le pouvoir central a décrété que tout le pays serait accueillant. Le personnel des douanes, des hôtels et des restaurants a été massivement remplacé par des jeunes de moins de 25 ans, avenants et parfaitement anglophones.

Ils sont trois, justement, trois jeunes à la peau maquillée, témoignant malgré eux de cette starbuckisation réussie de la Chine. Les cent quatre-vingt-six chambres « design » de cette tour au rez-de-chaussée vitré sont gérées à l'enseigne lumineuse d'une franchise américaine. Aloft est l'une des neuf marques du groupe hôtelier Starwood. Une marque « milieu/haut de gamme dans un genre urbain/boutique qui s'adresse à une catégorie de clients jeunes/business ».

Je l'ai choisi, cet hôtel, parce qu'on y dort pour l'équivalent de 49 euros la nuit et qu'il se trouve à trois minutes à pied du centre commercial que je suis venue visiter. Les autres clients de l'hôtel ont-ils les mêmes motivations que moi ? Et au fait, quels autres clients ?

De la fenêtre de ma chambre, je vois l'immeuble d'en face, un hôtel Four Points by Sheraton, l'une des huit autres marques de Starwood. Il compte trois cent cinquante-cinq chambres. Sur la façade, neuf fenêtres sont allumées. Depuis quelques années, Starwood poursuit une stratégie de franchise agressive qui lui permet d'occuper à bon compte le très disputé mais toujours non rentable territoire chinois.

Les deux bâtiments, celui du Four Points et celui de l'Aloft, ont été construits en 2003, en même temps que la centaine d'autres, de vingt-cinq étages en moyenne, qui hérissent ce quartier appelé « Beijing Century City », un genre de ville modèle développé par le groupe immobilier chinois Golden Resources. On y trouve des appartements résidentiels, des bureaux, des hôtels et, en son centre, le mall qui fut en son temps le plus grand du monde. Le groupe Golden Resources appartient à Huang Rulun, archétype de self-made man chinois qui compte parmi les plus grandes fortunes du pays.

Golden Resources a construit et continue de construire des villes modèles dans toute la Chine. Le groupe, en général, conserve une main opérationnelle sur le parc immobilier et certains hôtels. Par exemple, ici, il gère lui-même le Beijing Century Hotel, un établissement de cinq cent cinquante-quatre chambres situé à quelques centaines de mètres des deux qu'il a confiés à Starwood. Parallèlement, il sous-traite la gestion de certains espaces à d'autres sociétés, avec un bail de longue durée. Celle du mall, cœur supposé palpitant de cette ville préfabriquée, a été confiée pour vingt ans à la Beijing New Yansha Commercial Company, une filiale du

Beijing Capital Retailing Group, lui-même rattaché au Beijing Capital Tourism Group, une émanation du Parti communiste chinois cotée en Bourse.

C'est peu dire que je ne comprends rien au capitalisme chinois. Et les soixante-douze heures que je passerai là, au beau milieu du versant matériel de ce système économique bâtard, ne feront que creuser l'abîme qui m'éloigne de son intelligence.

*

J'ai rendez-vous dans un Starbucks, au rez-de-chaussée du centre commercial. Pékin est le seul endroit où je me suis offert les services d'une traductrice. Elle s'appelle P., 31 ans, chaleureuse, efficace, elle a internet greffé dans la main. Toutes les questions auxquelles elle n'a pas la réponse dans sa tête, elle les pose du bout des doigts à Baidu, le Google des Chinois, qu'elle invoque sur son téléphone portable.

P. est intéressée par tout ce qui n'est pas d'ici. Mais parce qu'elle exerce un métier indépendant, ce qui est une rareté dans son pays, elle ne peut pas voyager hors de Chine. Pour obtenir un visa de sortie, elle devrait fournir le certificat d'un employeur, ou prouver qu'elle dispose d'un revenu régulier. Alors elle profite de tout ce que son pays importe, coffee shops franchisés, films trouvés sur le web. Il y a quelques années encore, elle avait un petit ami suédois.

Je demande à P. si elle fréquente les malls. « Jamais ! Je ne vois pas l'intérêt, tout est moins cher sur Taobao, et livré à domicile. Les malls sont assez nouveaux pour les Chinois, cela ne fait que dix ou quinze ans qu'ils poussent comme des champignons. Les gens n'ont pas l'habitude, ils continuent d'aller au marché. Et entre-temps Taobao est devenu très populaire aussi. » C'est dire qu'au fond, si personne n'en avait construit ici, les centres commerciaux n'auraient manqué à personne.

Elle m'explique dans son débit enthousiaste comment Taobao permet à n'importe qui de vendre n'importe quoi, et a révolutionné la consommation dans son pays. « C'est comme eBay. Tout le monde peut établir son petit commerce en ligne, sans investissement de départ. Personnellement, à part la nourriture, j'achète tout sur Taobao. Et encore, ça aussi c'est en train de changer. »

Comme les 220 millions de Chinois qui recourent déjà au commerce en ligne, P. ne voit dans les malls que du temps perdu et de la fatigue pour ses jambes. Or le Centre d'information sur les malls en Chine estime que leur nombre dans le pays a augmenté de 900 % depuis l'an 2000.

*

Le *Mærsk Mc-Kinney Møller* est l'un des plus grands cargos du monde. Il mesure quatre cents mètres de long par soixante de large et peut transporter 18 270 conteneurs de 20 pieds. Il est le premier de la classe des Triple E, qui compte une vingtaine de bateaux du même calibre.

Avec de l'imagination, et en poussant un peu les murs, le Golden Resources New Yansha Mall, qui est un parallélépipède rectangle de cinq cent soixante-quinze mètres sur cent monté sur dix étages, pourrait contenir deux Triple E côte à côte. Lorsqu'on sait que ces bateaux ont été conçus pour parcourir la ligne Europe-Asie chargés de conteneurs quasi vides d'ouest en est, et lourds en sens inverse de kilotonnes de produits manufacturés en tout genre embarqués par les grues les plus performantes du monde dans les ports de Qingdao, Shanghai, Ningbo ou Chiwan, cette image à rebours donne un peu le tournis.

Le Golden Resources New Yansha Mall a ouvert en 2004 avec la prétention d'offrir à une population locale qui n'en demandait pas tant un lieu de consommation « à l'occidentale » dans des proportions « à la chinoise ». Comme de bien entendu, son site web aligne les chiffres prodigieux : 550 000 mètres carrés, 500 magasins, plus de 1 600 marques, 40 millions de biens et 50 types de services, un parking de 10 000 places gratuites pour quelque 10 millions de visiteurs par an.

Deux grands magasins (*department stores*) en occupent les extrémités, dont l'un est géré par la société New Yansha. Tout comme le reste du bâtiment durant les deux jours de ma visite, cette enseigne est absolument vide de clients. En revanche, la densité du personnel est spectaculaire. Chaque étage, immense open space dédié à un unique type de produit – accessoires et cosmétiques au rez-de-chaussée, confection dames au premier, confection hommes au deuxième, etc. –, est divisé en carrés de trois mètres sur trois. Dans chacun d'eux on trouve jusqu'à trois vendeuses. Une pour faire essayer, une pour emballer la marchandise, et une pour l'encaisser.

Environ 10 000 personnes travaillent dans ce mall, indique la société gérante. Une vendeuse régulière gagne entre 2 000 et 3 000 yuans par mois (entre 240 et 360 euros), ce qui est aussi le prix moyen d'une paire de chaussures, ou d'un pot de crème de nuit antirides de marque française.

*

Au rez-de-chaussée, hors du grand magasin, s'alignent des boutiques d'or et de cadeaux de luxe que l'on s'offre entre Chinois : nids d'hirondelle, spiritueux à base de racines, concombres de mer aphrodisiaques et cartouches de cigarettes à filtre blanc. Une importante surface, toujours au rez-de-chaussée, est réservée à l'artisanat chinois haut de gamme, bois sculptés et faïences, dont la promotion se trouve être assurée par une autre branche du Beijing Capital Tourism Group.

Architecturalement, le Golden Resources New Yansha Mall ne répond pas du tout aux standards américains du genre. D'abord parce qu'il y a beaucoup trop d'étages, ensuite parce que les plafonds sont relativement bas et n'offrent que très peu de puits de lumière. Sans parler de l'organisation illogique des ascenseurs et des escaliers roulants.

En ce qui concerne l'offre commerciale, le mall n'a pas toujours ressemblé à ce qu'il est aujourd'hui. On peut encore consulter sur internet des articles datant de son année d'ouverture. Ils décrivent un ensemble hétéroclite et loufoque, toilettes inondées par les égouts, où les grandes marques de luxe européennes, aveuglées par le mirage chinois, côtoyaient les enseignes locales les plus improbables (boutiques de guimbardes ou de pattes de poulets). Dix ans plus tard, les marques de luxe ont entièrement disparu, tout comme les boutiques chinoises farfelues. Les toilettes sont mieux entretenues, même si l'on y croise encore une importante population de blattes.

Ce qui frappe désormais est l'exact contraire de cette hétérogénéité première : on ne trouve que des marques « classe moyenne supérieure » et « famille », marques chinoises, mais surtout internationales, qui déclinent la même image, tendent le même miroir, sport-chic-ou-décontracté pour les hommes, élégance-sans-trop-en-faire pour les femmes, un effet d'uniformité renforcé par le regroupement en zones et par étage en fonction des publics.

*

P. et moi flânons dans ce vaste désert, et je me demande si tous les gens qui ne sont pas là sont sur Taobao. Le lundi est un jour traditionnellement mort pour le commerce, du moins dans les régions du monde qui pratiquent les congés de fin de semaine. Or le développement des ventes en ligne s'est accompagné de la montée d'un phénomène que les professionnels de la branche appellent le *showrooming*: les clients profitent du week-end pour aller dans les centres commerciaux, regardent, essaient, touchent, et n'achètent rien. De retour au bureau le lundi matin, ils démarrent leur semaine de travail en se rendant discrètement sur internet pour comparer les prix et passer commande. Le lundi est le meilleur jour de la semaine pour Amazon, par exemple. Le showrooming est, entre autres, ce qui explique que la fréquentation des malls diminue moins vite que le chiffre d'affaires des commerçants.

Le porte-parole du Golden Resources New Yansha, qui ment assurément, nous indiquera que le complexe reçoit entre 50 000 et 80 000 visiteurs en semaine, entre 100 000 et 150 000 le week-end, et jusqu'à 200 000 durant les jours fériés. En y passant un lundi et un mardi, j'oppose humblement à ses statistiques un grand sentiment de vide et de solitude.

*

L'après-midi, on croise parfois dans les allées des femmes avec enfant unique, des mères, mais surtout des grand-mères. Elles sont assises au bord du grand trampoline ou du bac à sable, au pied du mur d'escalade ou à côté d'un lapin géant en plastique rose.

Les familles sont le cœur de cible du mall. Un étage entier leur est consacré, ainsi que la moitié du sous-sol. Des milliers de mètres carrés de magasins de jouets, des dizaines de boutiques pour femmes enceintes, des aires de jeux en polymères synthétiques thermoformés, des habits de marques internationales, du matériel de puériculture, et aussi des salles de cours pour apprendre les maths et l'anglais dès l'âge de 2 ans, des classes de piano et de karaté. (Dans la salle de karaté, une photo cartonnée deux fois plus grande que nature de Bruce Lee en côtoie une autre de Kung Fu Panda.)

Dans les vitrines des boutiques et sur les prospectus publicitaires du mall, partout des images de familles riantes dans des jardins fleuris, type caucasien, un papa en chemise, une maman en robe, et deux enfants généralement blonds, un garçon, l'aîné sportif, et une fille, douceur et vêtements roses. La légende de ces images pourrait être : « Si vous lui achetez des habits Gap Baby et des cours d'anglais à 3500 yuans les cinq heures hebdomadaires, votre enfant unique chinois finira par valoir deux enfants occidentaux. »

Je demande à P., qui n'a pas d'enfant faute de temps et d'argent, ce qu'elle pense du récent assouplissement de la politique de l'enfant unique. « Ça ne changera rien, en tout cas pas dans les villes. Aujourd'hui, la priorité pour tout le monde, c'est de gagner de l'argent. Les femmes, à moins que leur mari ne soit ultra-fortuné, n'arrêtent jamais de travailler quand elles deviennent mères. Pour les familles moyennes, ça veut dire que la grand-mère emménage avec les parents pour s'occuper de l'enfant. Les plus aisées prennent une *nanny*. Dans les deux cas, il faut avoir de la place chez soi. En plus, il faut compter tous les cours, les livres scolaires, les vêtements, le matériel. Même quand on a de l'argent, un enfant est un gouffre financier. Alors en avoir deux… »

*

Le pied des tours d'habitation du quartier est relativement vert, façon de parler. C'est l'hiver, rien ne pousse, mais ce sont des jardins, des promenades entourées de gazon sec, et l'on imagine qu'au printemps les buissons aujourd'hui noirs et décharnés sont en fleurs. Nous trouvons ici les mêmes mères et grand-mères à enfant unique qu'à l'intérieur du mall.

En voici une qui court après un petit de 5 ans. Madame X. a 41 ans. Elle est mère au foyer et, naturellement, apprécie les efforts du mall pour plaire aux gens comme elle. Deux fois par semaine, elle se rend au supermarché et en profite pour faire jouer son fils à l'intérieur, où l'air est moins pollué selon elle. Cela fait sept ans qu'elle vit dans le quartier. À l'époque, son mari et elle ont acheté leur appartement 5 000 yuans le mètre carré. Aujourd'hui, il vaut huit fois plus.

Lorsque nous abordons quelqu'un, il arrive que P., dans un élan de curiosité, se mette à poser des questions spontanément, qui se transforment en une conversation dont je suis totalement exclue. Au bout de quelques phrases, elle finit par se tourner vers moi et m'explique : madame X. a deux enfants, en toute légalité ! Son fils aîné a déjà 16 ans. Issue d'une minorité ethnique, les Tujia de la région de Chongqing, elle bénéficie d'une dérogation spéciale du gouvernement. Et P. de conclure : « Son mari doit être vraiment très riche. »

*

De retour au mall. Elle ne l'exprime pas, mais je sens que P. se demande ce que je suis venue faire ici. C'est une question que je me pose aussi. Si j'étais seule, l'absurdité de la situation n'apparaîtrait pas de manière aussi criante.

Ailleurs, au Canada déjà, les allées couvertes bordées de vitrines servaient de support à une errance mentale, péripatéticienne. Je pensais à tout et à rien, aux raisons du commerce, à la valeur des choses, à la nature de l'exotisme. L'environnement sans qualité me glissait sur la rétine pour mieux dégager l'espace de la réflexion. J'entrais en moi-même, puisque dehors il n'y avait rien à voir.

Mais à deux, évidemment, c'est impossible. P. est mon employée, je la paie. Je lui dois une espèce de direction, l'assurance d'aller quelque part, que je peine à trouver pour moi-même.

*

À 2 850 kilomètres au sud de Pékin, il y a Manille, la ville, avec Kuala Lumpur, qui concentre le plus de méga-malls au monde.

Il ne serait pas déraisonnable de faire remonter l'origine de cette densité monstrueuse à la guerre hispano-américaine de 1898 qui fit basculer l'archipel dans la zone d'influence économico-culturelle des États-Unis. Mais contrairement aux centres commerciaux à l'est du Pacifique, qui perdent lentement leur raison d'être à mesure que la population nord-américaine migre dans le cyberespace, ceux du Grand Manille ont su prospérer en offrant à la population locale des aires de loisirs et d'échanges à l'abri de la chaleur humide, de la pollution et du crime organisé.

Entre la capitale mallifiée de ces îles volcaniques et le Golden Resources New Yansha Mall de Pékin, il y a l'histoire de Huang Rulun, le magnat de l'immobilier qui a fait sortir de terre le lieu où je me trouve.

Travelling mental. Dans le quartier commerçant de Binondo, autour de la basilique mineure de San Lorenzo Ruiz (monument de style hispano-colonial dédié à un martyr catholique sino-philippin), il y avait dans les années 1980 un réseau de ruelles bordées de longs immeubles de deux étages, lattes de bois, tôles ondulées, peinture écaillée, fenêtres grillagées comme des cages à oiseaux débordantes de linge étendu entre deux panneaux publicitaires, disons pour Pepsi ou Kodak Film. Au rez-de-chaussée, des échoppes, quincaillerie, porc en friture, tissus en vrac, devantures encadrées de rideaux de fer repliés en accordéon.

Avant d'être le milliardaire et philanthrope courtisé qu'il est aujourd'hui, Huang Rulun a passé cinq ans, entre 1986 et 1991, à développer des activités de négoce non identifiées dans cette portion de la ville de Manille qui revendique le titre de plus vieux Chinatown du monde.

Parti de rien, et plus précisément d'une région côtière sur le détroit de Taïwan où il laissait derrière lui une famille paysanne qui n'avait pas de quoi lui offrir l'école, Huang Rulun a vécu à Manille des années essentielles dans la construction de son imaginaire d'entrepreneur. Car c'est dans ces années-là justement que le pourtour de la baie de Manille a vu s'ériger les premiers de ses méga-malls, centres-villes verticaux qui, aujourd'hui encore, sont parmi les plus grands du monde. Présidant au développement de ces mastodontes, les Sy, une famille d'origine chinoise qui a fait fortune en commençant par vendre des chaussures.

De retour dans sa province natale du Fujian, Huang Rulun investit dans l'immobilier commercial à l'aube d'une flambée économique qui le rendra riche. Sa conception de la ville idéale, dont il fera construire des clones dans toute la Chine, comprend toujours un centre commercial dont la taille, forcément maximale, ne saurait être discutée.

Huang Rulun a conservé un attachement aux Philippines dont il ne se cache pas, d'autant que ses intérêts économiques n'y sont pas inexistants. Devenu l'un des philanthropes les plus généreux de la planète, il s'engagera à financer un centre de traitements et de réhabilitation pour toxicomanes à cent kilomètres au nord de la capitale. Un « méga-centre » de 10 000 lits, comme s'en félicitait alors la presse philippine, promis en appui de la guerre contre la drogue menée par le président Rodrigo Duterte.

Les Philippines comptent officiellement 700 000 toxicomanes. Un cinquième de la population vit en dessous du seuil de pauvreté. Dix millions de Philippins ont quitté leur pays en espérant trouver ailleurs les conditions économiques de leur survie.

Un tiers des trente plus grands malls de la planète se situent dans cet archipel.

*

P. et moi traînons un œil distrait sur le prix des choses. Qu'il s'agisse de textiles, de chaussures ou de café, ma traductrice m'assène invariablement que le prix de l'objet a doublé depuis l'année précédente.

Du point de vue des chiffres, P. appartient à cette fameuse classe moyenne qui fait rêver les investisseurs du monde entier. Ses revenus sont très variables, mais, dans l'ensemble, elle dit gagner la même chose que ses copines qui travaillent dans le tertiaire : environ 7 000 yuans par mois. Son petit ami, avec qui elle vient d'emménager, est programmeur, un travail de bureau qui l'inscrit lui aussi en plein dans la catégorie des nouveaux clients d'IKEA. Mais à cause de l'inflation de tout, le ménage qu'ils forment a toujours plus de mal à régler ses factures mensuelles, *a fortiori* à s'offrir autre chose que le strict nécessaire. Quand elle est malade, P. hésite longtemps avant d'aller voir un médecin.

Elle m'apprend qu'un mot très à la mode désigne la classe émergente de la population chinoise dans laquelle elle se reconnaît : *yueguangzu*. Ce qui signifie « le groupe des gens qui dépensent tout leur salaire mensuel ». Ils gagnent de l'argent, et bien davantage que les générations précédentes, mais ne parviennent pas à mettre un rond de côté.

Qui plus est, les *yueguangzu* ne sont pas victimes uniquement de l'inflation. Par rapport à leurs parents, ils doivent aussi faire face à des dépenses d'un genre nouveau, celles liées au paraître. P. ne se sent pas directement concernée, mais elle me parle de ses amies : lorsqu'une fille de la campagne trouve du travail dans un bureau en ville, elle veut faire bonne impression, mais son goût pour la mode n'est pas sûr, sa peau est mal soignée. Les habits de marque et les produits cosmétiques de luxe sont alors comme des phares, des balises dans la mer des consommables, pour tous ceux qui viennent de nulle part.

*

Une nuit se découpe en tranches, sommeil agité, télévision allumée. BBC World m'informe par sa correspondante à Paris que le président normal des Français a une maîtresse. Le reste de l'actualité n'est que lointains attentats et vortex polaire.

La voix de l'information en continu infiltre ma fatigue, où elle vient recouvrir et dissiper une autre petite voix intérieure, anxieuse et indistincte.

Comme toujours dans mes rêves, je fuis en même temps que je cherche. Et ce que je cherche, non seulement je ne le trouve jamais, mais je ne sais pas de quoi il s'agit. Une urgence sourde habite dans mon sommeil. Les lieux que je traverse sont toujours trompeurs, plus complexes qu'il n'y paraît, les murs cachent des escaliers qui ne mènent nulle part, les ascenseurs ne s'arrêtent jamais à la demande, les portes s'ouvrent sur d'autres escaliers, ce sont des labyrinthes, souvent lumineux, souvent très beaux, qui n'ont pas l'air de labyrinthes puisque d'autres gens s'y meuvent avec grâce et sans question. Empêtrée dans ma fuite, dans ma quête, je me vois de loin, nerveuse comme une souris dans une maquette de balsa.

*

Monsieur Z. me fait cadeau d'une petite figurine de bois sous une cloche de verre, un Caishen, incarnation taoïste de la prospérité financière armée d'une lance capable de changer le fer en or. En Chine, c'est ce que l'on se souhaite de mieux.

La scène se joue au dernier étage du mall, dans une salle de conférences brun et vert sombres dont les murs sont infiltrés d'eau. Une dizaine de chaises au simili-cuir usé entourent une table large et longue qui ne laisse que peu d'espace de circulation dans la pièce.

Monsieur Z. est le responsable de la planification et du marketing du Golden Resources New Yansha Mall. Nous avons rendez-vous pour un simulacre de dialogue, puisque j'ai dû, pour pouvoir le rencontrer, lui envoyer par avance mes questions, auxquelles il répondra sans inspiration par des formules qui sont comme son Caishen, tout en bois et taillées en série.

Dans cette conversation de sourds, P. fait son office d'interprète, mais elle ne peut me délivrer que des propos bruts, ce qui constitue moins de la moitié de ce que j'aurais pu saisir si monsieur Z. et moi avions parlé la même langue. Aisance, accent, étendue du vocabulaire, humour, repartie, tous ces indices qui trahissent une provenance, une culture, des origines sociales, une compétence professionnelle, m'échappent complètement, et j'en suis réduite, pour nourrir mes sens, à scruter chez monsieur Z. les détails fascinants de sa vilaine face de lune. Car physiquement, en effet, monsieur Z. n'a rien pour lui.

À mesure que l'heure tourne, son corps s'affaisse, son cou s'enfonce lentement dans la matière synthétique de ses épaulettes jusqu'à disparaître complètement. Ses avant-bras posés à plat au bord de la table se terminent par un bouquet de doigts jaunes aux ongles longs et sales. Plus il parle, plus je pense à un batracien griffu coassant sur un nénuphar.

Du discours de monsieur Z., passé au filtre d'une double traduction chinois-anglais-français, puis à celui de ma propre interprétation, je retiens ceci : il y a dix ans, personne ne voulait se lancer dans la gestion d'un mall de ce format. La taille démesurée et la conception du bâtiment, construit dans le seul but de battre des records mondiaux, était un véritable handicap.

À l'époque, il n'y avait pas assez de marques en Chine pour le remplir. Durant les premières années, 10 à 15 % des locaux sont restés vacants. Depuis, la compagnie a resserré son public-cible – parce que, au départ, elle espérait tout de même attirer des touristes et des Pékinois à trois cents kilomètres à la ronde, ce qui s'est révélé parfaitement irréaliste. En se focalisant seulement sur les familles et les résidents du district, déjà 2,24 millions de personnes, le mall a pu clarifier son image, et mieux cibler ses locataires. Aujourd'hui, tous les locaux commerciaux sont loués. Le seuil de rentabilité a été atteint en trois ans, une prouesse au regard des standards internationaux.

Monsieur Z. affirme que le bénéfice *per capita* de sa société, qui emploie cent cinquante personnes pour l'administration du mall, compte parmi les plus satisfaisants du groupe (pour mémoire : Beijing Capital Retailing Group, filiale du Beijing Capital Tourism Group). Le bénéfice *per capita*, ou bénéfice par employé, semble être l'une des principales mesures du rendement des entreprises d'État en Chine.

Monsieur Z., qui doit être dans sa cinquantaine, travaille depuis neuf ans pour la Beijing New Yansha Commercial Company, soit depuis l'ouverture du mall. Il dit que ses collègues et lui ont réellement appris leur métier en voyageant pour aller voir d'autres méga-malls, aux États-Unis, en Angleterre, et aussi le West Edmonton Mall, dans l'Alberta. En outre, ils ont payé des services internationaux de consultance.

Selon lui, la réussite d'un mall relèverait d'un ensemble de points clés qui tiennent sur une diapositive Powerpoint : l'ambiance (*lifestyle*), le choix de nourriture et de boissons, les aires de jeux et de repos, les infrastructures de divertissement, l'offre éducative, et enfin les magasins eux-mêmes.

Monsieur Z. estime que son mall est encore faible sur trois points : les infrastructures de divertissement, puisque le mall n'a pas de grand huit, d'autos tamponneuses ou de patinoire ; l'atmosphère, l'ambiance générale, la décoration et les espaces de repos ne sont pas assez attrayants : seuls quelques bancs épars ponctuent les longs couloirs du mall et la décoration se résume à d'occasionnelles banderoles tombant au-dessus des escaliers roulants ; la palette des commerces n'est pas assez « exclusive » par rapport aux autres malls. Monsieur Z. ambitionne de proposer davantage de marques originales, qui ne se trouvent pas ailleurs en Chine – c'est ce qu'il appelle « donner de la personnalité » au mall.

Devant l'application des pays en développement, notamment en Asie, à copier le pire de l'Occident (ou le meilleur, ça dépend du point de vue) en le décomposant en recettes récitées et mises en œuvre comme des formules magiques, je suis souvent partagée entre l'admiration et la tristesse. Admiration, parce que ces méthodes offrent des résultats immédiats, qui se traduisent cash en taux de croissance. (Explication schématique à l'échelle des malls chinois : adoption du langage Powerpoint = meilleure crédibilité internationale = potentiel d'attraction de nouvelles marques qui veulent s'établir en Chine = encaissement de loyers pendant trois ans, la durée d'un bail = augmentation du bénéfice *per capita* = meilleure crédibilité internationale, etc. En termes strictement financiers, il s'agit bien d'un cercle vertueux.) Tristesse, parce que ces méthodes qui donnent des satisfactions financières immédiates – mais ne durent qu'un temps, soyons réalistes – engendrent aussi une acculturation qui, elle, sera durable. Ce centre commercial trop grand, rempli d'enseignes internationales et de multiplexes qui sentent le pop-corn au sucre, propose des usages, des loisirs, dont on ne connaît plus l'origine, et a déformé l'idée que la population locale pouvait se faire de la modernité. Pour les enfants du quartier, il est devenu l'unique horizon culturel.

Après trente minutes d'entretien, monsieur Z. bondit de sa chaise tel un crapaud-buffle affolé, s'excusant de devoir passer un coup de fil urgent, et reparaît trois minutes plus tard, l'haleine chargée de tabac.

Notre entretien se termine par une visite des bureaux de la Beijing New Yansha Commercial Company. Dans celui de monsieur Z., quelques petits poissons irisés nagent dans un aquarium.

*

P. est fatiguée. Depuis deux jours elle n'a cessé de parler et d'écouter en deux langues. Pour changer du Starbucks, nous allons au McCafé, le coffee shop du McDonald's. Je lui suis reconnaissante de m'accompagner. C'est une relation tarifée, mais cela n'empêche pas les sentiments.

Parce que nous arrivons au terme de son mandat, nous digressons en mangeant des pâtisseries et, pour une fois, c'est moi qui lui parle. De ma vie en Suisse, de mes faibles racines en Corée, et soudain elle s'éclaire, comprenant enfin d'où vient cet air d'entre-deux-mondes que je porte sur le visage et qu'elle n'avait pas osé interroger.

Les Chinois, dit-elle, adorent ce qu'en anglais elle appelle le *mixed blood* (sang mélangé). Plusieurs grandes stars de la pop culture chinoise sont à moitié américaines, et leur succès reposerait sur leurs grands yeux « naturels », c'est-à-dire sans recours à la chirurgie esthétique.

Elle me croit à peine quand je lui dis que ce sang mélangé, en Corée, a longtemps été synonyme de honte. Aujourd'hui, j'ignore ce qu'il en est, mais à l'époque de ma naissance ces métissages, bien que fréquents du fait de la dépendance économico-militaire du pays à l'Occident, étaient presque toujours une condamnation à l'orphelinat, et, dans le meilleur des cas, à l'exil des parents fautifs. Du relatif déshonneur originel inscrit sur mon visage, j'ai conservé une espèce de difficulté à me regarder dans la glace, ce lieu où je vois se fondre les traits d'un père naturel que je ne connais pas, dans les reliefs d'un pays qui n'a pas voulu de moi.

P., qui étouffe en Chine et rêve de tout ce qui vient d'ailleurs, dit qu'elle m'envie. Elle me parle de ses parents, un père médecin des armées, une mère entrepreneuse, faiseuse d'argent comme seules les Chinoises savent l'être. Une famille riche, des origines bien établies en marge de l'appareil d'État, qui lui ont donné de l'assurance et, sans doute, le goût du risque. Après des études de management, elle s'est construit ce métier hors normes, assistante de location pour journalistes perdus en Chine. Je lui envie la solidité de ses racines, alors qu'elle les vit comme des chaînes.

Nous nous quittons amies. La compagnie de P. deux jours durant m'aura coûté 2600 yuans, transports compris, l'équivalent de 350 euros.

*

Chine mystérieuse, dit ce cliché sans cesse remis au goût du jour. Où les lois élémentaires de l'offre et de la demande, où le bon sens économique lui-même, s'effacent devant les prophéties de fastes lendemains. Demain, la classe moyenne émergera.

Aux petites heures du matin, pas une étoile ne brille sur ce quartier surréaliste, où onze cents chambres d'hôtel milieu/haut de gamme se disputent la clientèle touristique inexistante d'un mall énorme et presque toujours vide.

Je ne quitte pas un pays, mais un rêve. Celui d'un homme comme tant d'autres en Chine, qui construit des villes à la mesure de sa foi dans le potentiel économique de ses concitoyens. Trop grands hier, trop grands aujourd'hui, ces hôtels, ces malls et ces cités utopiques attendront demain, indifférents au regard narquois des gens comme moi, qui ne font que traverser le présent en broyant du noir.

*

Mon chauffeur a des gants blancs, taxi limousine. L'habitacle sent la rose. L'autoroute comme un tapis de course à cent kilomètres à l'heure. Les tours d'habitation défilent et se ressemblent, derrière la vitre, elles sont en grappes anthracite, se fondent dans la nuit. Parfois, pendant quelques secondes, le paysage s'aplatit. Terrain à bâtir, utopie en construction.

Voyager, repartir. Descendre du taxi, payer en yuans. Check-in, attente. Cappuccino-croissant dans une buvette au décor de trattoria. Attente. Contrôle de sécurité, sortir ses bouteilles et ses appareils électroniques, retirer ses bottes, remettre ses bottes, rempaqueter ses affaires. Prendre le métro, changer de terminal. Le jour se lève. Passer une heure dans un magasin de souvenirs duty free. Hésiter entre ceci et cela, penser à ceux que j'aime, un porte-clés pour lui, un pendentif en jade pour elle. Une guirlande de figurines animales en soie rembourrée. Un mug décoré d'un dragon. Des pandas en peluche, des stylos imitation bambou, des alcools locaux, des mini-pots de Baume du tigre. Des cendriers, des boules à neige, des cravates, des sets de dix cartes postales.

J'embarque sans avoir rien acheté. Passé un certain degré de cynisme, on n'a de souvenirs pour personne.

SINGAPOUR

Pékin-Kuala Lumpur, 4 500 kilomètres à la verticale de la mappemonde, avec un crochet par l'extrémité sud de la péninsule de Malacca, où l'aéroport de Changi distribue les correspondances vers toute l'Asie équatoriale. Je vole avec Singapore Airlines.

Sur l'aile gauche d'un Boeing 777-200, je partage ma rangée de trois sièges avec un couple de riches Chinois dans la soixantaine. Madame, à côté de moi, porte des bijoux très voyants et un ensemble moulant, motifs léopard pailleté. Monsieur, dans le siège qui donne sur le couloir, voyage dans une tenue élégante et décontractée ornée des logos discrets d'une grande marque anglaise. En avion, on reconnaît les voyageurs fréquents à leur équipement, et à la manière dont ils l'agencent, avec méthode et assurance, dans l'exiguïté de leur espace personnel. Madame déploie une tablette 13 pouces, un smartphone de dernière génération, des oreillettes aux cordons blancs, une petite trousse pleine d'onguents et de pulvérisateurs, et transporte autour du cou, depuis l'embarquement déjà, un coussin de nuque en tissu satiné couleur tigre. Son mari dispose d'un matériel électronique identique, mais à la différence de sa femme, qui a orné le sien de coques de protection qu'aucun adjectif ne décrit mieux que *girly*, lui a choisi des pochettes à rabat en cuir sombre. Il a aussi une petite pile de journaux et magazines, en anglais et en chinois.

Le voyageur fréquent, et relativement fortuné, se distingue par le supplément d'individualisme que procure son éventail d'écrans portatifs en matière de distractions, du moins la possibilité qu'il représente de s'extraire de l'offre par défaut des consoles encastrées dans le siège antérieur. Possibilité qui, souvent, reste virtuelle, voire purement ostentatoire, car, trop de choix tuant le choix, le voyageur fréquent finit comme les autres par regarder un film sur la console, généralement l'une des cinq nouveautés hollywoodiennes dont le magazine de bord fait la promotion.

Je me rappelle les long-courriers de mon enfance où tout le monde regardait en même temps le même contenu sur de ridiculement petits écrans accrochés au plafond de la cabine. Les meilleures compagnies diffusaient des films récents, tout juste sortis au cinéma, la lecture du programme de vol était une réjouissance, et dans mes yeux d'enfant ce divertissement-là, tout inadapté qu'il fût, souvent, à mes goûts et à mon âge, était la cerise sur le gâteau déjà prestigieux d'un déplacement intercontinental en avion.

La miniaturisation des appareils électroniques ayant accompagné la démocratisation de l'aviation commerciale, je remarque que je n'ai pratiquement aucun souvenir des derniers long-courriers que j'ai empruntés. Les heures du voyage réduites à une orgie d'images animées, *binge viewing*, visionnage compulsif du pire Hollywood, ne laissent qu'une sensation vaguement honteuse de temps perdu à chercher l'oubli, un sentiment proche de la gueule de bois. Paris-Salt Lake City, était-ce la fois où je me suis enfilé *Legally Blonde 2*, *Mission : Impossible 4* et quelques vieux épisodes de *Friends* ? Ou ne suis-je pas en train de confondre avec Francfort-Doha, lorsque j'ai enchaîné *Iron Man*, un film avec Jude Law et Kate Winslet dont j'ai oublié le titre, *Braveheart*, *X-Men 3* et *Chicken Run* ?

Plus il est long, plus le déplacement dans l'espace devient cette corvée, qu'il faut effacer des consciences au prix de n'importe quel abrutissement. Au point que le temps d'un voyage transatlantique peut totalement disparaître d'une mémoire. Ou, pire, se confondre en tout avec le survol en diagonale des Balkans et du Moyen-Orient.

*

Escale à Singapour : quelques heures dans un aéroport que je connais bien, où des jardins d'orchidées et des étangs artificiels trouent une moquette bleu-vert.

Partout, aux guichets, aux toilettes, à la sortie des magasins et des îlots de loisirs, des écrans tactiles sont plantés sur des sortes de lutrins, qui servent à faire connaître la satisfaction de l'usager à l'échelle de cinq émoticônes. Un dispositif auquel – mais ce n'est qu'une intuition – les salaires des préposés aux divers services doivent être indexés, permettant de justifier la baisse périodique de ceux-ci, du moins leur stagnation, puisqu'en majorité, à la sortie des toilettes comme à l'entrée des urnes, seuls les insatisfaits prennent le temps de s'exprimer.

KUALA LUMPUR

La Malaisie imaginaire a quelque chose de britannique, de luxuriant et de colonial. Elle se déploie sur fond de jungle, de biodiversité grasse, elle colle à la peau comme le lin blanc sous les pales en bois de teck qui barattent la touffeur. La Malaisie imaginaire raconte des pirates traversant des eaux turquoise, remontant des rivières de boue, et des trois-mâts venus du nord de l'Europe soustraire leur fortune et leurs ressources naturelles à des rois autochtones emplumés comme des toucans. Elle dit les équipages fiévreux, les moustiques fatals, les chapelets d'orchidées et les peaux en nage, l'importation dérisoire de services à thé d'apparat au milieu des mangroves, les araignées géantes et le pelage roux des nasiques promenant leur gros nez sous la canopée.

La Malaisie, c'est l'histoire d'une terre hyperfertile, marécageuse et miraculeuse, couchée en bordure d'une route navigable, une péninsule bénie jetée entre l'Inde et la Chine, qui dessine comme un pistil affublé d'îles qui en seraient les pétales. Le temps géologique les aurait soufflées sur ces mers chaudes pour y accrocher les bateaux, lambeaux de jungle voués par la tectonique des plaques à servir de goulet au cortège du commerce mondialisé.

Elle est cette société aux visages jaunes, bruns, mélanges de bruns, visages bridés, clairs ou foncés, ronds ou pointus, confondus en une rare hétérogénéité confessionnelle et linguistique. Ici, autant que je pourrai le voir, les marchands, les grandes fortunes et les prostituées viennent de Chine, la main-d'œuvre non qualifiée du sous-continent indien, et les consultants de Grande-Bretagne. L'histoire contemporaine du pays se lit aussi dans le statut à part dont jouissent les Bumiputra, la population autochtone et musulmane, les Malais de souche, comme on dirait en France, qui bénéficient depuis les années 1970 d'une loi fondée sur leur prétendue suprématie raciale leur donnant un accès exclusif au pouvoir politique ainsi qu'aux emplois administratifs.

Cette société singulière, à la fois diverse et raciste, où les Chinois détiennent 70 % des capitaux et les Malais 100 % du pouvoir administratif, a engendré un système économique où la corruption est une condition essentielle à la bonne harmonie que chacune des communautés se plaît à afficher en surface, cette bonne harmonie vendue en dépliants à l'office de tourisme comme la garantie de vacances dépaysantes au contact d'une population brassée. La Malaisie de carte postale offre à bon compte une sorte de *one-stop shopping* ethnico-culturel.

*

Dix heures et cinquante-cinq minutes après mon départ de Pékin, j'atterris à Kuala Lumpur dans le mauve d'un soleil couchant. Toutes les douleurs de mon corps disparaissent au premier contact de l'air tropical. Rien ne me réjouit davantage que l'haleine chaude et moite d'une grande ville asiatique.

Dans la lumière orangée de l'éclairage public, la ville que je traverse en taxi se déroule en un vaste désordre de béton. Partout, des gratte-ciel éventrés, chantiers abandonnés où, parfois, la végétation toute-puissante sous ces latitudes a repris ses droits. Certains débordent sur les grands axes de circulation, où ils étranglent durablement un trafic routier déjà bien en peine.

Pour ce qui est des constructions achevées, manifestement, chaque promoteur peut faire bâtir ici ce que bon lui semble, dans les proportions généralement mégalomaniaques qui lui plaisent, sans que jamais personne lui oppose, par exemple, un semblant de découpage urbain, de vagues priorités de développement, et encore moins le souci d'une intégration esthétique dans le voisinage, rien, du moins, qui ne puisse faire l'objet d'un arrangement financier discret. Dans ce pays réputé pour la corruption de son administration, l'argent donne corps aux projets immobiliers les plus ridicules.

Il serait facile de détester Kuala Lumpur pour toutes ces raisons. Mais, rompue à la laideur par plusieurs jours d'un voyage absurde en hivers rigoureux, je suis prête à tout lui pardonner, du moment qu'elle m'offre son climat équatorial humide.

*

Mon hôtel est une petite tour de trente étages en plein centre-ville. Juste en face, à quarante mètres, s'élève l'un des immeubles les plus volumineux et les plus disgracieux de la création : Berjaya Times Square, 700 000 mètres carrés de verre et de béton ocre, dont la moitié contient un centre commercial d'une quinzaine d'étages surmonté à ses extrémités de deux tours jumelles d'environ deux cents mètres de haut. À l'intérieur du volume plus ou moins cubique qui sert de socle au bâtiment, un parc d'attractions avec montagnes russes permet de s'amuser sans jamais voir la lumière du jour, plus d'un millier de magasins s'entassent, et un parking occupe le coin sud-est de la construction sur toute sa hauteur. Côté route, la façade mesure un peu plus de cent cinquante mètres de long et a avalé le trottoir en le recouvrant d'une arcade haute de cinq étages soutenue par une vingtaine de piliers carrés en béton rosé.

De la fenêtre de mon hôtel, quatre pistes de voie rapide et une ligne de train aérien me séparent de cette immondice aux proportions scandaleuses. J'entreprends, bien sûr, de la visiter dans les minutes qui suivent le dépôt de ma valise. Il est 21 h 30, je viens de subir seize heures de déplacements après avoir fait littéralement la moitié du tour de la Terre en une semaine. Tout mon corps hurle de fatigue. Mais l'idée de me débarrasser d'une épaisse couche d'habits d'hiver pour aller me fondre, épaules et pieds nus, dans le souffle épais de l'Asie vaut toutes les promesses d'une literie d'hôtel.

*

J'ai à peine le temps de traverser la route par un pont piéton encombré d'échoppes – ici, des ustensiles de cuisine en plastique, là, des savons odorants, des amandes grillées sucrées – que, déjà, le Berjaya Times Square ferme ses portes. À l'intérieur, les rideaux de fer sont tirés, le complexe se vide de ses derniers clients, quelques âmes errent à contresens en direction du multiplexe qui diffuse jusque tard dans la nuit.

Dans mon enthousiasme à visiter les lieux, j'avais en tête les marchés et centres commerciaux nocturnes d'une autre Asie, autre temps, autres latitudes, où il m'est arrivé d'écluser mon décalage horaire en un shopping de minuit d'autant plus jouissif que sa possibilité même défie le bon sens (et les conditions réglementaires d'un salariat décent).

Mais rien de cela ici. À 22 heures, toutes les portes sont closes. Je suis un peu déçue.

*

Je m'attarde. Le lobby central du Berjaya Times Square, vaste atrium ouvert sur trois étages, est richement décoré à l'occasion du Nouvel An chinois : dans un sol de moquette rouge on a planté six grands faux cerisiers en fleur. D'immenses lampions vermeils habitent la hauteur de plafond comme des zeppelins dans un ciel de guerre.

Avant de sortir, tout le monde s'arrête pour prendre une dernière photo dans ce décor de conte de fées. Selfie devant un cerisier, selfie contre-plongée sous un lampion, selfie collectif les doigts en V sur fond de rideaux écarlates, selfie en descendant les escaliers roulants à l'envers pour mieux embrasser le panorama. Ceux qui sont contents de leur image restent plantés au milieu de ce verger artificiel, les épaules courbées, la tête absorbée par leur téléphone portable, le temps de poster leur bobine ravie sur un réseau social quelconque, #berjayatimessquare.

Je repère un groupe qui pratique une forme de selfie collectif tout à fait élaborée, et inédite à mes yeux. En file indienne, cinq jeunes tournent le dos à un cerisier, leurs têtes en quinconce. Le premier du groupe tient son écran à la verticale à bout de bras pour un cadrage plongé où chacun trouve sa place et présente son sourire le plus avantageux.

Dans tous les malls de Kuala Lumpur, puis à Dubaï et à Casablanca, j'assisterai non sans fascination à ce rite auquel sacrifie la vaste majorité des gens et qui consiste à se prendre en photo devant les objets les plus spectaculaires. Devant une décoration vivement colorée, devant une fontaine dansante, devant une sculpture d'intérieur, devant un personnage en carton-pâte, devant un animateur portant un déguisement en peluche, sous une tombée de fleurs postiches ou devant une installation d'art contemporain, puisque nombre de gérants de centres commerciaux se sont mis en tête de faire de leur établissement des galeries, voire des musées. Et pourquoi pas, après tout ? La valeur étant aplatie dans la fonction, un selfie devant une sculpture de Jeff Koons en vaut bien un autre devant une baudruche géante de Shrek.

*

Je sors embrasser le chaos urbain et l'humidité de la nuit qui contrastent si fort avec l'univers organisé, laid mais organisé, des centres commerciaux. Dehors, il y a les ténèbres, les mendiants, les klaxons, la pollution, les trottoirs défoncés et les bouches d'égout qui n'absorbent pas les pluies. Il y a les odeurs de l'air immobile, un vague sentiment d'insécurité, un soupçon de violence. Dehors, cette ville que personne ne maîtrise, et que je foule en sandalettes, un léger frisson de bonheur dans la nuque et le ventre serré.

*

Je passe cinq jours à Kuala Lumpur, dont quatre à visiter onze centres commerciaux. Le cinquième jour, ivre d'ennui, je fuis dans la nature, me nettoyer la tête et les yeux loin du commerce mondialisé.

Kuala Lumpur est une ville-mall. À ma connaissance, on n'y trouve aucun lieu public qui ne soit pas un espace clos et climatisé, dallé ou carrelé, éclairé à l'électricité et bordé de surfaces commerciales. La réponse au climat équatorial, est-on tenté de penser. La réponse, aussi, à l'augmentation pathologique du trafic qu'encouragent les industries automobiles et pétrolières et que n'absorbent pas les infrastructures routières.

Les centres commerciaux sont ici les seules zones piétonnières, répliques de rues aveugles à l'intérieur desquelles l'extérieur est devenu entièrement facultatif. Sans fenêtres, sans lumière naturelle, ces promenades pourraient aussi bien être souterraines. Pour fuir la chaleur et les conséquences d'une croissance économique, démographique et urbaine qu'ils ne cessent d'alimenter, les hommes sont prêts à vivre comme des rats.

J'ai choisi de passer cinq jours à Kuala Lumpur, moins pour sa qualité de ville-mall – à ce titre, Singapour ou Jakarta auraient aussi fait l'affaire – que pour l'exceptionnelle concentration de méga-malls qu'elle affiche (tout comme Manille, c'est vrai, mais il a bien fallu choisir). Trois des vingt plus grands centres commerciaux de la terre se trouvent ici, dans cette agglomération de 7,2 millions d'habitants, trois méga-malls qui, chacun, affichent entre 320 000 et 465 000 mètres carrés de surfaces commerciales.

Les tours Petronas, qui furent les plus hauts gratte-ciel du monde entre 1998 et 2004, dominent le paysage urbain de la capitale, fendent le ciel comme une paire d'obus, justifiant par leur seule présence les ambitions de tous les promoteurs immobiliers du pays. À leur pied, la ville semble bouillir dans un tumulte de ciment en érection.

À l'heure où je la parcours, jaune de pollution, rouge de son trafic congestionné, Kuala Lumpur étouffe dans son offre de surfaces commerciales vides et d'appartements de luxe sans preneurs, délirante de verticalité, trouée de chantiers, tandis qu'au loin, à la périphérie rampante du centre, gronde une crise du logement alimentée par la prolifération des moins riches.

Manifestement, quelque chose d'irrationnel habite cette ville, qui ramène aux fièvres, aux tropiques et à la jungle, à la débauche orgueilleuse de tailles et de formes dont font preuve les organismes vivants qui luttent pour accéder à la lumière. Quelque chose d'insensé émane de cette terre et s'est incarné là, dans la prodigalité du béton, jusqu'à former cette métropole monstrueuse, aliénée, fascinante.

*

Dix malls, un tout petit échantillon, une fraction seulement des surfaces commerciales qui constituent Kuala Lumpur, sa chair, sa matière. Deux n'ont pas eu droit à plus de trente minutes de mon attention, la lassitude ayant eu raison de ma conscience professionnelle. Dans mes souvenirs, tous se confondent, se superposent, ou plutôt se succèdent en enfilade, comme si, après être entrée dans le premier, je n'avais plus jamais retrouvé la sortie. 1 Utama, Mid Valley Megamall, Sunway Pyramid, Berjaya Times Square, Suria KLCC, Plaza Low Yat, Sungei Wang Plaza, Lot 10, Fahrenheit 88, Avenue K, des kilomètres d'enseignes franchisées, fast fashion, cosmétiques, électronique de divertissement, fast food, coffee shops, défilé vertigineux ponctué, selon les étages, d'échoppes de pacotilles chinoises ou de boutiques de luxe françaises, le corps mou du complexe étant toujours tenu par les mêmes enseignes, Starbucks (à l'emplacement le plus visible depuis l'entrée principale), Timberland, Bershka, Bata, Victoria's Secret, Michael Kors, Geox, Body Shop, Cotton On, Nike, Tumi, Adidas, Zara, Kipling, Gap, Beadbox, Puma, L'Occitane, Forever 21, Guess, Under Armour, Hush Puppies, New Balance, La Senza, Sunglass Hut, H&M, Levi's, Muji, Bobbi Brown, Topshop, Mothercare, Mango, Van's, Sephora, Swarowski, Clark's, Diesel, Uniqlo, Lacoste, Nars, Crocs, Banana Republic, Massimo Dutti, Yves Rocher, Samsung, Sony, Nokia, Lenovo, Toys"R"Us, Samsonite, Promod, Rip Curl, Tommy Hilfiger, Costa, Coffee Bean, Krispy Kreme, Dunkin' Donuts, Burger King, KFC, McDonald's, Pizza Hut, Subway, Häagen Dazs, des marques dont on ne sait plus d'où elles viennent, mais qui rassurent le consommateur, signifient que le mall qu'elles gratifient de leur présence est un établissement de classe mondiale, puisque le monde lui-même s'exprime dans ces marques, un monde digéré, simplifié, et restitué en codes couleur, en slogans, désirable, compréhensible, prêt à porter.

*

Je passe une matinée en compagnie de P. S., un petit homme d'origine chinoise qui parle anglais comme une mitraillette. Il est le gérant de 1 Utama, un complexe de 465 000 mètres carrés sur six étages, qui présente à l'autoroute une façade orange délavée par les gaz d'échappement. 1 Utama est le centre-ville climatisé de Bandar Utama, une commune privée de quatre kilomètres carrés aux portes de Kuala Lumpur, sortie de terre au début des années 1990 pour répandre ses tours et son réseau de maisons mitoyennes, son terrain de golf, sa clinique et ses écoles privées sur la terre dégradée d'une ancienne palmeraie.

Je dois attendre la fin de nos trois heures de conversation pour que P. S. admette finalement que, oui, peut-être, l'agglomération de Kuala Lumpur souffre d'une surdose de surfaces commerciales. Il me mène à la fenêtre de son bureau. « Vous voyez ces chantiers là-bas ? L'année prochaine, quatre nouveaux malls ouvriront le long de cette autoroute. Des petits, des grands, qu'importe, quatre nouveaux malls. Nous sommes arrivés à un point où cela commence à poser des problèmes à nos locataires, en particulier aux grandes chaînes. Lorsqu'un nouveau centre commercial s'ouvre, les marques sont pratiquement contraintes d'aller y occuper du terrain. Mais à force d'être partout, et parfois à quelques centaines de mètres de distance, leurs enseignes finissent par se cannibaliser. Alors elles doivent faire des choix. Et pour nous, les négociations deviennent toujours plus compliquées. Malheureusement, personne ne peut arrêter les promoteurs immobiliers. Il y a tellement de projets spéculatifs de quartiers à usages mixtes, et ils comprennent tous, forcément, des surfaces commerciales… »

J'ignore si les quatre nouveaux malls prévus dans le voisinage de 1 Utama comptent parmi les quarante recensés par l'Association des développeurs immobiliers de Malaisie et qui devraient voir le jour dans le Grand Kuala Lumpur à l'horizon 2020. Une douzaine d'entre eux afficheront 100 000 mètres carrés ou plus.

« À l'Association des directeurs de malls de Malaisie, nous essayons de positiver, de prendre cet afflux continu de nouvelles surfaces commerciales comme une opportunité. Ensemble, nous travaillons, d'abord, à nous positionner clairement les uns par rapport aux autres et à nous différencier. Puis nous envoyons des délégations à l'étranger, en Angleterre par exemple, en Corée du Sud, au Japon ou en Australie, pour chercher des marques qui voudraient développer une franchise en Malaisie. Notre pays est un bon marché test pour le sud de l'Asie. »

Ce que P. S. m'explique, c'est comment les gérants de mall, qui ont tous entre les mains un produit standard – empilement de galeries dallées et remplies des mêmes magasins qui vendent les mêmes fringues, des mêmes salles de cinéma qui passent les mêmes films, des mêmes parcs d'attractions qui proposent les mêmes sensations fortes, la même patinoire où tourne dans le même sens des aiguilles d'une même montre une même population de jeunes et de familles, venue chercher la même image d'Épinal du bonheur des classes moyennes pour chacun des mêmes dimanches après-midi préfabriqués qui se termineront à la terrasse d'un même Starbucks –, comment, donc, les gérants de mall se débrouillent pour emballer tout cela avec des mots, des identités graphiques, des programmes de fidélité, des statistiques, des animations et des ravalements de façade, pour faire croire que le mall A diffère tant du mall B qu'il ne serait pas inutile pour la franchise X d'ouvrir une enseigne dans l'un ET dans l'autre. Ainsi dotés de la même offre commerciale, les malls A et B auront l'assurance de se ressembler plus encore, ce qui contribuera à rendre le travail de P. S. et de ses confrères toujours plus insensé.

Dans mon esprit, l'Association des directeurs de malls de Malaisie ne peut que ressembler à un groupe de parole pour dépressifs anonymes, où l'on se tape dans le dos et l'on s'échange des statistiques de fréquentation frelatées, avant d'éclater d'un rire entendu et gras, comme un bras d'honneur à la désespérance.

*

Officiellement, Kuala Lumpur ne souffre d'aucune saturation en surfaces commerciales. Au contraire, elle « bénéficie de cette abondance », m'apprend N. Y., la directrice du département du tourisme de la ville. Abondance qui s'explique non pas, comme on le soupçonne à tort, par une sorte de démission municipale face au pouvoir de l'argent, mais par un trait culturel typique de la région : « En Malaisie, nous aimons le shopping. »

N. Y. n'a jamais eu le temps de me rencontrer pour me le dire. En Malaisie, c'est une autre coutume peut-être, on annule volontiers ses rendez-vous à la dernière minute, on esquive les coups de fil et on évite aussi de perdre trop de temps à répondre à des questions par courrier électronique. À la place, on transmet les demandes des journalistes à des consultants payés au forfait annuel pour penser à la place des autorités, puis on renvoie leurs réponses sans plus de commentaires. Tout ce que j'obtiendrai de N. Y. a été rédigé sur un diaporama électronique par deux employés de Roland Berger, une société globale de conseil en stratégie.

« Cette abondance de surfaces commerciales est assurément un argument marketing pour Kuala Lumpur ! Nous avons été classés par CNN au quatrième rang des meilleures villes du monde pour faire des achats ; nous sommes la deuxième destination shopping de la région Asie-Pacifique, selon le Globe Shopper Index. Une telle reconnaissance de la part d'organismes internationaux nous positionne avantageusement sur la scène mondiale. Les meilleures destinations touristiques du monde, comme Paris, Londres et New York, présentent toutes une solide offre de shopping. Or Kuala Lumpur est en passe de devenir une destination touristique de premier plan, ce qui suppose naturellement une offre de shopping conséquente. »

Je résume : il n'y a rien à faire à Kuala Lumpur à part du shopping. Or toutes les plus belles destinations touristiques du monde proposent une importante offre de shopping. Kuala Lumpur est donc une grande destination touristique.

*

V. C. a démarré sa carrière professionnelle en Espagne, dans le secteur bancaire, avant de se réorienter dans l'industrie des médias, où divers postes consacrés au développement des affaires lui ont permis de promener son physique de mâle alpha et ses dents blanches bien alignées à travers nombre de marchés émergents comme la Bulgarie, la Turquie, la Russie, le Liban, l'Algérie, le Rwanda, la Sierra Leone, le Cameroun, et la Malaisie, autant de pays épinglés sur son CV comme des timbres dans un album de philatélie.

À l'aube du millénaire, V. C. a compris qu'il avait beau avoir la mâchoire carrée et l'arcade sourcilière proéminente, sa carrière ne décollerait véritablement que s'il était en mesure d'afficher un MBA (Master of Business Administration). Il entreprend alors d'en acheter un auprès de l'INSEAD de Singapour (l'Institut européen d'administration des affaires est une école de management française qui a deux antennes à l'étranger, l'autre étant à Abu Dhabi), et c'est ainsi breveté que, en 2004, il fait son entrée dans l'industrie de la consultance.

Aujourd'hui, V. C. est l'un des superviseurs du bureau Roland Berger de Singapour. Il conçoit des stratégies d'investissement, des stratégies d'expansion internationale et des stratégies industrielles nationales, conduit des projets stratégiques en Asie du Sud-Est, au Moyen-Orient et en Afrique, gère un portefeuille de clients allant du secteur public au développement immobilier, du tourisme aux télécommunications, des services financiers aux biotechnologies.

V. C. est-il un surhomme ? Je m'avance, mais sans doute que non. En revanche, il manie à la perfection les modèles de pensée préfabriquée qui permettent de se mouvoir dans n'importe quel système microéconomique en donnant l'impression de s'y adapter (alors que le véritable travail du consultant consiste, au contraire, à faire s'adapter les systèmes microéconomiques qu'il analyse à ses propres modèles de pensée préfabriquée).

Au quotidien, V. C. relit et cosigne des rapports rédigés par d'autres personnes comme lui mais occupant un rang hiérarchique inférieur. Par exemple, A. A., qui n'a toujours pas de MBA et court le risque de voir sa carrière stagner au niveau de *senior consultant* s'il ne fait rien pour en obtenir un.

A. A. est diplômé en chimie de l'Université de l'Illinois. Son premier job, *bachelor* en poche, fut celui d'analyste chez Capital One, une société américaine spécialisée dans les cartes de crédit, les crédits automobiles et les crédits hypothécaires. C'était en 2007, juste avant que le monde entier ne réalise combien, par l'entremise de sociétés comme Capital One, les pauvres d'Amérique s'étaient surendettés, et combien ce surendettement, encouragé puis métabolisé par le système bancaire, était sur le point de faire s'effondrer l'économie mondiale.

Le premier travail d'A. A. a consisté à « formuler des stratégies pour améliorer l'encaissement des intérêts dus, réduire les risques liés aux crédits et améliorer l'efficacité opérationnelle » – je n'invente rien, c'est vraiment ce que dit son CV.

Après cette première expérience professionnelle réussie, il est engagé par Arthur D. Little, une société de conseil au nom de laquelle il passe trois ans à rédiger des rapports pour les industries de l'aviation, des assurances, de la logistique, des nouvelles technologies, ainsi que pour le secteur public. Rapports d'activités stratégiques et techniques, plans stratégiques à long terme, stratégies de développement international, gestion de programmes généraux, rien ne résiste à A. A., ni aux modèles d'analyse à l'emporte-pièce qui sont ses outils quotidiens.

Arrivé à Singapour pour enrichir ses compétences professionnelles, A. A., comme tous les expats de son âge et de son pedigree, qui sont légion dans la ville-État, aura surtout appris comment boire de très grandes quantités de cocktails sucrés dès 18 h 30 sans avoir l'air trop bourré avant minuit, comment se servir des réseaux sociaux pour masquer l'oubli du prénom de la personne avec laquelle il vient de passer la nuit, comment être dans les bons groupes WhatsApp qui organisent les bons *afterworks*, et comment distinguer les bars à putes des bars à touristes.

*

V. C. et A. A. sont les consultants de chez Roland Berger à qui la municipalité de Kuala Lumpur a délégué la rédaction de son Plan directeur 2015-2025 pour le développement touristique.

J'imagine : les fesses sur un fauteuil de bureau Vitra avec roulettes et dossier inclinable, les yeux rivés sur un moniteur LCD 40 pouces, A. A. ouvre d'un raccourci clavier ralenti par la gueule de bois un nouveau document .ppt aux couleurs de Roland Berger. Sur la deuxième page du diaporama, il insère une feuille de calcul et en tête des colonnes saisit une liste préétablie des attentes supposées du touriste (en anglais) : « Culture & Heritage », « Nature & Adventure », « Entertainment », « Food & Beverages », « Shopping », « Architecture ». N'est-ce pas, au fond, pour toutes ces raisons que l'on voyage ?

La première colonne, à partir de la deuxième ligne, servira à recenser les lieux les plus intéressants de la ville : les tours Petronas, la Mosquée nationale, l'aquarium du mall Suria KLCC au pied des tours Petronas, le mall Suria KLCC, Bukit Bintang (un quartier qui concentre un grand nombre de malls), le parc d'attractions du Berjaya Times Square, etc.

À l'intersection des lignes et des colonnes, de petites coches vertes identifieront positivement les atouts existants de Kuala Lumpur. Cet état des lieux sera complété par le contenu de divers diagrammes d'analyse – méthodes SWOT, STEEPLE ou PEST – qui ne diront rien de plus que ce qu'on peut constater à l'œil nu en allant se promener au centre-ville.

Les colonnes déjà riches en coches vertes, « Shopping » et « Food & Beverages », par exemple, feront l'objet d'une liste à puces d'« actions de valorisation de l'existant » à entreprendre à court terme que V. C. présentera, debout dans un costume demi-mesure, à une délégation de la municipalité de Kuala Lumpur réunie en salle climatisée, délégation à laquelle le document .ppt aura été envoyé en amont de la séance et que personne n'aura lu.

Par exemple, dira V. C., il serait opportun d'éditer des dépliants thématiques à distribuer dans les aéroports et les offices de tourisme, proposant des itinéraires « *Best of shopping* », avec de belles illustrations des sites à visiter, quelques chiffres clés, un ou deux verbatim, et un encadré historique qui raconterait, disons, les origines ethno-tribales du shopping sur la péninsule de Malacca.

Les colonnes pauvres en coches, elles, seront exportées dans un autre diaporama intitulé « Stratégie de développement à moyen et long terme » et, assorties des mêmes diagrammes qui reformulent le bon sens, l'aversion au risque et l'absence d'idées neuves, se traduiront par une longue enfilade de séances toujours menées à coups de *bullet points* par V. C. Elles conduiront selon toute vraisemblance à l'ouverture d'une multitude de chantiers aussi peu ambitieux que trop optimistes sur les délais et les budgets. Diagnostiquée faible en « Nature & Adventure », Kuala Lumpur pourrait ainsi voir s'ouvrir d'ici à 2025 toutes sortes de complexes ludo-éducatifs financés par l'argent du pétrole et sous-tendus par un discours à hauteur d'enfants sur la biodiversité, complexes s'adressant comme il se doit aux familles de la classe moyenne qui s'y rendront en voiture. Les restaurants y seront gérés par la branche *catering* d'un groupe international de restauration collective, et les boutiques souvenirs sous-traitées à la filiale *merchandising* du groupe Disney.

Je tiens les méthodes d'analyse enseignées en MBA, cette forme de pensée vendue en packs par les sociétés de consultance, pour directement responsables de l'uniformisation des aéroports, des centres commerciaux, des musées et des sites touristiques.

Cette chaîne organisée de délégation de la pensée – le maire de Kuala Lumpur déléguant à N. Y. déléguant à V. C. déléguant à A. A. déléguant à des modèles standardisés le soin de penser la stratégie de développement touristique de ce qui doit être, aujourd'hui encore mais plus pour longtemps, l'une des plus belles régions du monde –, cette succession de démissions individuelles désormais requise par le fonctionnement même du salariat en secteur tertiaire, constitue selon moi la mécanique implacable et systémique de l'enlaidissement du monde.

*

Cela fait dix jours que, tous fuseaux horaires confondus, je me réveille entre 2 heures et 4 heures du matin. Alors que d'ordinaire je dors comme un chat, partout et longtemps, je découvre l'horreur de ne pouvoir me reposer alors que s'accumule la fatigue. Pire, la mystérieuse forme d'insomnie dont je souffre semble s'adapter plus vite que moi au décalage horaire : où que je me trouve, il est partout 2 heures à l'heure de mon insomnie.

Que fais-je de ce temps gagné sur la nuit ? Il m'arrive de le perdre en doutes, des heures à errer dans la forêt de mes angoisses.

D'autres nuits, je m'en sers, pragmatique, pour préparer des entretiens, me documenter sur ce voyage, ce sujet trop vaste que je peine encore à cerner. Parfois, aussi, j'en profite pour appeler chez moi, prendre des nouvelles en visioconférence, lorsque le décalage horaire s'y prête.

À KL, parce que je n'ai pas de wi-fi dans ma chambre, je consacre l'essentiel de ce temps à fuir l'air conditionné sur le parvis de l'hôtel, l'humeur à la dérive, fouillant des yeux les confins d'un éclairage public vacillant en compagnie silencieuse de quelques chauffeurs de taxi.

Chez moi est à des années-lumière. Un décalage de plusieurs saisons me sépare des miens. Je reçois quelques images blanc et gris, imprégnées d'hiver : mon petit garçon dans sa combinaison de neige. Ici, je baigne dans une moiteur de jungle. Je comprends alors que ma peau est l'organe par lequel la réalité m'atteint le plus durement. Alors qu'à tout moment du voyage je projette ceux que j'aime à mes côtés, que je les rêve voyant ce que je vois, vivant ce que je vis, ces images venues du lointain ne font qu'augmenter leur absence. Ils ont froid à l'instant où j'ai très chaud. Je développe la certitude physique, transmise à mon cerveau par tous les pores de ma peau, d'avoir abandonné ceux que j'aime dans un espace-temps parallèle.

*

La Malaisie appartient à cette zone d'influence chinoise que l'on appelle le « réseau de bambou » et qui s'étend, entre autres mais principalement, sur l'ensemble du Sud-Est asiatique. Fondé sur l'émigration de Chinois dans les moments les plus troublés de leur histoire politique, le réseau de bambou file depuis un siècle un tissu économique parallèle au sein duquel l'argent circule plus librement qu'officiellement.

Pas un milliardaire, pas un spéculateur immobilier dans cette région du monde dont la vie ne puisse servir d'illustration à cette résille d'intérêts personnels structurée par la morale confucianiste et la fidélité qu'elle suppose, en particulier lorsque les rapports familiaux sont doublés d'intérêts financiers. Le réseau de bambou raconte des vies qui, souvent, se ressemblent : parti jeune d'une campagne chinoise désolée, un homme s'installe en Indonésie, à Taïwan, aux Philippines ou en Malaisie, rejoignant, qui un beau-frère, qui un cousin, et trimera comme un damné tout en épargnant chaque sou d'une solde maigre. Le pécule durement amassé sera, au bout de quelque temps, investi dans une activité commerciale quelconque, négoce de matières premières ou de produits semi-manufacturés, activité dont le développement sera assuré par une première génération d'enfants entièrement dévouée au service familial. Une phase de diversification suivra naturellement, la plupart du temps dans l'immobilier, sur place ou en Chine continentale, afin d'asseoir cette fortune nouvelle, et de la pérenniser pour les générations à venir.

Je choisis de raconter ici l'histoire de Teo Hang Sam, qui commence dans la famine et se termine deux générations plus tard par l'érection d'un méga-mall. Parce qu'elle n'est pas sans rappeler celle de Jacob Ghermezian, celle de Huang Rulun ou encore celle d'Henry Sy, je ne peux m'empêcher de penser qu'il pourrait y avoir, derrière ces temples dédiés à l'abondance, derrière cette volonté de fonder quelque chose de grand et de parfaitement ordonné, comme une ville ou un centre-ville de rêve, une explication vaguement psychologisante qui aurait à voir avec l'expérience précoce des carences, et pourrait peut-être s'appliquer par extension à l'ensemble de la société de consommation. En même temps, je ne perds pas de vue que le récit des origines, « *from rags to riches* », est un genre de *storytelling* parfaitement mondialisé dont les ficelles finissent par fabriquer des ressemblances là où, en fait, il n'y a qu'une communication rondement menée.

Ainsi donc, Teo Hang Sam quitte son Guangdong natal par voie de mer, en 1933, avec sur le dos quelques cageots de mandarines qu'il compte vendre là où, lui a-t-on dit, il en tirera un bon prix. Son deuxième fils, Soo Cheng, qui a 12 ans, l'accompagne. La péninsule malaise à laquelle ils se destinent est à quelque 3 800 kilomètres du port de Shantou, d'où ils embarquent sur ce qui devait être une jonque. À l'allure que permettait ce type d'embarcation, j'évalue à une vingtaine de jours le temps nécessaire pour rejoindre Port Klang.

Le sultanat de Selangor présentait alors des opportunités économiques que la province de Canton, où l'on mourait de faim dans les campagnes, n'offrait plus. Ce qui ne devait être qu'un aller-retour commercial se mue en exil définitif lorsque le père et le fils sont rejoints par le reste de la famille. Celle-ci comprend deux autres fils, l'aîné, Soo Chuan, et le cadet, Soo Pin, ainsi qu'un nombre de filles que les archives familiales ne mentionnent pas puisqu'en ces temps-là elles ne comptaient simplement pas.

À Kuala Lumpur, Teo Hang Sam commence par vendre des œufs de poules et de canes au marché central, ses trois garçons assurent la livraison à domicile à vélo. Puis il ouvre une petite épicerie qui prospère durant l'occupation japonaise mais sera détruite durant la guerre. Dès le lendemain du désastre, Soo Chuan et Soo Cheng partent en quête de travail, car la famille a à présent dix bouches à nourrir. Ils achètent sept sacs de sucre blanc auprès d'un ami de leur père, qu'ils revendent plus cher sur Petaling Street, la rue centrale du Chinatown de Kuala Lumpur. Ainsi commence l'histoire de la See Hoy Chan, le nom de la compagnie de négoce de la famille Teo. « See Hoy Chan » pourrait se traduire par « entrepôt débordant de biens par-delà les quatre mers ». Après le sucre, c'est surtout le commerce de riz, déployé depuis Singapour entre la Thaïlande et la Birmanie, qui fera la fortune de l'entreprise familiale et vaudra à Teo Hang Sam le surnom de « Rice King of Malaya ».

Teo Soo Cheng, à la fin des années 1980, fera bâtir 1 Utama, dont on pourrait dire qu'il est littéralement l'« entrepôt débordant de biens par-delà les quatre mers » rêvé par son père. En réalité, je ne suis pas certaine qu'il ait vraiment fait le lien. Lorsqu'il décide d'acheter les quatre kilomètres carrés de terre jaune d'une palmeraie désaffectée dans la banlieue de Kuala Lumpur, Teo Soo Cheng a surtout l'ambition de développer l'une de ces villes nouvelles, un *township*, vendant à une population ravie d'être captive une qualité de vie exceptionnelle, moderne, abordable et en vase clos – l'« entrepôt débordant de biens » étant seulement inclus dans cette utopie plus vaste.

Au moment où j'ai visité Bandar Utama et son méga-centre-ville, Teo Soo Cheng était flétri comme une petite pomme et fragile comme un vieux moineau. Il est mort quelques mois plus tard, en mai 2014, à l'âge de 93 ans, et toute la communauté des hommes d'affaires chinois de la vallée du Klang lui a rendu un hommage ému.

*

Au sixième étage d'un mall en plein « repositionnement stratégique », entre l'escalator et une série de panneaux de chantier annonçant ici l'ouverture prochaine d'une « nouvelle expérience excitante », un petit magasin cachemiri de bijoux et de tissus brodés à la main survit aux travaux dans une remarquable solitude.

Le propriétaire est jeune, réaliste, dur au mal, commerçant. Son entreprise fait vivre tout un réseau entre Kuala Lumpur, Singapour et Srinagar. L'un de ses frères s'est établi en Malaisie avec lui, ils se partagent la tenue de cette échoppe et d'une autre, dans le lobby d'un hôtel, où les affaires sont bien meilleures, assure-t-il.

Nous parlons du tourisme à KL : « Les touristes musulmans n'aiment pas marcher. Ils veulent sortir de leur chambre d'hôtel et prendre un ascenseur qui les amène directement à l'entrée des magasins. Le nombre de malls ici, les uns à côté des autres, est idéal pour eux. S'ils pouvaient, en plus, être reliés par des couloirs climatisés, ce serait encore mieux. Les Russes et les vieux Américains sont comme ça aussi. Pour KL, les mauvais touristes, ce sont les Européens. Vous aimez marcher toute la journée en plein air. Ici, personne ne comprend ça. »

D'ici à 2020, le nombre des touristes musulmans devrait augmenter plus rapidement que la moyenne de tous les touristes du monde, indique une étude de DinarStandard (une entreprise de conseil et de recherche stratégique). Le Plan directeur pour le développement touristique de Kuala Lumpur s'en réjouit : « Avec son atmosphère *muslim-friendly*, la proximité de salles de prière et l'omniprésence de nourriture halal, KL est bien positionnée pour s'adresser à ces nouveaux touristes, qui sont aussi de grands dépensiers [*high-spenders*]. »

*

Images d'archives, le noir et blanc de l'Histoire. Je vois des femmes chinoises, manches longues contre le soleil, fichus attachés sous le menton et, par-dessus, ces larges chapeaux ronds et pointus que l'imaginaire associe au travail dans les rizières. Les pieds dans la vase, des sangsues jusqu'aux genoux, elles lavent patiemment le sable des rivières en le faisant tourner dans une grande jatte de bois sous la surface de l'eau. À force de ces mouvements circulaires qui engagent le corps des épaules aux lombaires, les éléments les plus légers du sable sont évacués dans le courant, pour ne laisser au fond de la jatte que les précieux grains de minerai d'étain qu'elles iront faire peser et payer par un fondeur à la fin du jour.

Elles ont quitté le Guangdong pour descendre jusque dans la vallée du Klang se chercher un avenir sous le drapeau britannique. Au XIXe siècle, la Malaisie produisait plus de la moitié de l'étain utilisé dans le monde, et les immigrés chinois étaient les petites mains de son exploitation.

Central Market, bâtiment Art déco colonial, est le témoin de cette époque. Construit en 1888, puis agrandi et rénové à plusieurs reprises jusqu'en 1937, cet ancien marché couvert fournissait à la communauté des exilés Hakka de quoi accompagner son riz gluant, poulets et canards, entrailles de bœufs, pêche du jour, champignons caoutchouteux, laitues et melons amers.

Aujourd'hui, Central Market vend des coques de téléphones portables fantaisie, des porte-clés en forme de tours Petronas, des mugs « *I Love Malaysia* », de la petite maroquinerie, des bonbons de fête foraine, des colliers, des valises en plastique, des objets-souvenirs à moins de 7 dollars, petits éléphants en bois sculpté, mini-coffres à bijoux, étuis à lunettes en soie brodée, porte-cartes de visite en fer martelé, paréos et étoles en tout genre. La totalité de ces objets a été importée par conteneurs maritimes des confins de la Chine pauvrement industrialisée.

Le Guangdong est désormais l'une des régions les plus riches du Sud-Est asiatique.

*

Tout au bout d'un couloir bordé de magasins qui se ressemblent, une mini-boutique d'antiquités-brocante du XXe siècle semble avoir été oubliée par la mallification de Central Market. À l'intérieur, un petit homme chinois avec un chapeau de paille joue du ukulélé en chantant comme un crooner hawaïen. Partout autour de lui s'empilent des objets colorés qui lui ressemblent, faïences amicales, plastiques rigolos, compilations 33 tours de chansons d'amour, métaux et bois patinés qui disent le passé colonial, bijoux oxydés qui, comme tout ici, sonnent faux mais sincère, derrière des vitrines où s'accumule la poussière.

Monsieur Y. joue pour l'un de ses clients, un homme d'origine indienne, très grand, très élégant tout en lin blanc, qui apprécie la musique mais n'achètera pas ce set de vaisselle britannique turquoise à l'effigie de la reine d'Angleterre. Le géant basané repartira les mains vides, mais en fidèle du lieu, rentier peut-être, oisif sûrement, il repassera dans une semaine.

L'échoppe de monsieur Y. est un village gaulois, un rempart à lui tout seul contre l'appauvrissement du commerce (un barrage contre le Pacifique). Elle sert de point de ralliement à toutes sortes de dégoûtés de la modernité jetable, esthètes, artistes, résistants passifs, moins que minoritaires sous ces latitudes. J'y rencontrerai un poète chinois qui gagne sa vie en vendant de la friture, un vieil architecte australien revenu de tout, et un professeur de peinture à l'École des beaux-arts qui me tiendra de longs discours sur la mégalomanie des riches Asiatiques et les inégalités raciales qui gangrènent son pays.

Central Market n'est plus le même qu'il y a vingt ans encore, lorsque monsieur Y. s'y est installé. Sauvé de la démolition dans les années 1970 par une initiative citoyenne qui l'a classé monument historique, Central Market a rouvert en 1985 pour accueillir un marché d'art et d'artisanat local. La citadelle qu'il était censé opposer à la spéculation immobilière et son chapelet de fléaux n'aura pas tenu bien longtemps.

En 2004, le groupe Kha Seng, spécialisé dans le négoce de textile, rachète le bâtiment dans un premier mouvement de diversification hors de son secteur d'activité. Trois ans plus tard, ne sachant sans doute plus que faire, ni de son argent ni de sa capacité de crédit, Kha Seng démarre à quelques kilomètres de là le chantier titanesque d'un immeuble de vingt-deux étages, dont neuf seront dédiés à un centre commercial de huit cents boutiques, toutes consacrées aux textiles. Dans la foulée, il rachète aussi en périphérie du centre-ville un *dead mall* déjà tombé deux fois en faillite et entreprend d'en faire un centre commercial spécialisé dans les meubles et la décoration d'intérieur. Devenu promoteur immobilier et gestionnaire de malls, le groupe Kha Seng cherche naturellement à réaliser ces fameuses synergies qui signeront l'aplatissement de l'offre commerciale sur l'ensemble de ses propriétés. C'est ainsi que monsieur Y. a vu ses voisins historiques, galeristes et artisans parmi lesquels il comptait des amis, progressivement disparaître au profit de vendeurs de téléphones portables et de sacs à main.

Monsieur Y. est né ici, dans la vallée du Klang, le jour du couronnement d'Élisabeth II. Pour célébrer le hasard qui le lie à la couronne d'Angleterre, il collectionne dans sa boutique toutes sortes d'objets commémoratifs édités à cette occasion aux confins de l'Empire. Son premier métier fut celui de policier (il montre volontiers la photo de lui jeune homme, bombant le torse dans son uniforme), mais il lui manquait, dit-il, la faculté de se plier aux us hautement corrompus de cette corporation puissante. Il s'expatrie alors en Australie, étudie la théologie, devient pasteur. De retour à Kuala Lumpur, il prêche un temps, puis s'énerve que son Église attende de lui non pas des sermons mais des pitreries de clown qu'il juge indignes de sa fonction. Monsieur Y. est un homme intègre, joyeusement cynique, vif et entier, déçu d'un monde dont il se cache au fond d'un mall, c'est-à-dire en son cœur, derrière un mur de vieux objets qui parlent pour lui et sont à peine destinés à être vendus.

*

La taille des immeubles, en général, n'est peut-être pas sans rapport avec le degré de rente de l'économie dans laquelle ils poussent, me dis-je en promenade dans le parc d'enceinte des tours Petronas.

L'huile de palme et l'huile de roche, les lubrifiants de l'économie malaisienne, positionnent le pays en amont de la filière du Nutella, des biscuits et des crèmes glacées, en amont, aussi, de la fabrique des emballages plastique qui les contiennent, et des moyens de transport qui les acheminent jusqu'en leurs points de vente.

Économie rentière. Je pense à la Russie, qui érige les uns après les autres les plus grands gratte-ciel d'Europe et les malls les plus vastes. Je pense à la péninsule arabique, où Burj Khalifa, l'actuelle plus haute tour du monde, signale à des kilomètres de platitude désertique à la ronde l'emplacement, à son pied, du plus grand centre commercial de la terre. Je pense aux États-Unis, qui, avant tout le monde, ont inventé le forage pétrolier, les malls et les gratte-ciel.

À l'exception notable de la Chine, qui, sans être dépourvue de pétrole, n'est véritablement rentière que de sa démographie, il apparaît que les bâtiments les plus grands du monde se situent souvent à proximité de stocks d'hydrocarbures.

Je suis les contours d'un plan d'eau artificiel sur lequel se prolongent en reflet les jumelles Petronas, les contours d'un étang dessiné sur ordinateur pour faire nature en ville, et dont les rives mènent tranquillement mais fermement jusqu'à l'entrée d'un centre commercial (Suria KLCC).

À Dubaï, le dispositif architectural sera exactement identique, mais en plus grand : tour, mall et plan d'eau sont les lieux communs de ces utopies urbaines, modules élémentaires de tout projet immobilier commercial à usage mixte.

BANGKOK

Voyager comme 85 % des touristes. Allumer un ordinateur ou une tablette numérique. Sur le site web d'un voyagiste, passer soixante, voire quatre-vingt-dix minutes à regarder des diaporamas d'images, des chambres d'hôtels (dominante couleur : blanc, beige), des paysages « de rêve » (dominante couleur : azur, sable), des spas (zoom contours floutés sur un dos de femme humide, massage à la pierre chaude, bougies, baignoire pleine de pétales de rose). Hésitations. Achat d'un forfait à 2 500 euros par personne en demi-pension.

Dans une enseigne de fast fashion non loin de son lieu de travail, passer plusieurs de ses pauses de midi à choisir un ou des maillots de bain, les bonnes sandalettes, le bon shorty, quelques tenues fluides en lin qui font vacances. Six semaines à la diète ou en salle de sport, en cours collectifs de pilates spécial bas du corps. Tous les jours se tartiner les cuisses et les fesses de crème anti-capitons. Dans les magazines, apprendre les cinq manières originales de nouer un paréo. Voyager, consommer.

Dans une grande valise achetée pour l'occasion, empaqueter ses vêtements neufs, se projeter dans un climat, dans une lumière, dans une pose Instagram qui dit « je suis sublime à la plage ». À propos d'Instagram, prendre une photo de la valise ouverte, la passer à travers un filtre vintage et la poster sur les réseaux, #voyager.

Le bruit d'une valise à roulettes sur le sol en faux marbre de l'aéroport. Selfie, en couple ou entre copains-copines, devant le panneau d'affichage des vols en partance. Check-in, selfie, contrôle des bagages à main, selfie, errance en duty free. Résultat : trois magazines idiots, une crème hydratante longue durée, un spray protection soleil pour les cheveux, un parfum eau de fruit, eau de fleur, un truc léger qui fait vacances. Embarquement, veuillez éteindre vos appareils électroniques, décollage, flottement, *inflight entertainment*, flottement, *inflight shopping*, flottement, atterrissage. Ramener son téléphone portable à la vie, et là… voilà que le réseau 3G n'a pas le même nom, ni les mêmes tarifs. Ici commence l'ailleurs.

Selfie, #contrôle des passeports, selfie, #retrait des bagages, selfie, #taxi. Se réjouir d'être en wi-fi à l'hôtel. Pendant le trajet, trier les photos qu'on a déjà prises, apercevoir un palmier, le saisir au vol à travers la vitre, effet *road trip*. Jouer avec quelques filtres, réfléchir mentalement aux meilleurs hashtags, arriver à bon port. Check-in, sourires, connexion wi-fi, le ronronnement de la valise étouffé par la moquette, sourires, silence. La chambre ressemble un peu à la photo, la salle de bains est une surprise. Publier quelques images sur Facebook, se laver du voyage, compter les *like* en sortant de la douche, en peignoir sur le grand lit. Voyager, être un cliché.

*

Suvarnabhumi, aéroport international de Bangkok, ambiance de fin de vacances pour classe moyenne. Les touristes d'ici ont tous la même peau (huile solaire indice 30), les mêmes accessoires batik, les mêmes souvenirs qui ressemblent à s'y méprendre aux diaporamas des sites de voyagistes. Les images fabriquent les images, qui fabriquent le conformisme, qui fabrique les images.

En 2012, 53 millions de passagers ont traversé cet aéroport, le sixième d'Asie, le seizième au monde, plaque tournante qui distribue vingt-quatre heures sur vingt-quatre les gogos venus de partout vers les plus belles plages de la mer d'Andaman et du golfe de Thaïlande. Cette année-là, Suvarnabhumi a été consacré lieu sur terre le plus géotagué sur Instagram, juste avant le centre commercial Siam Paragon à Bangkok et Disneyland en Californie.

Cet étrange record, qui ne s'est produit que cette année-là, n'a jamais fait l'objet d'une enquête et, au-delà des interprétations spéculatives (les touristes aiment montrer qu'ils sont en Thaïlande parce que la Thaïlande est une destination « de rêve », ou alors une action commerciale déployée par un opérateur de téléphonie thaï permettait de gagner des prix intéressants, sans doute une voiture décapotable, en postant un selfie géolocalisé à l'aéroport de Bangkok), restera à tout jamais l'un des mystères épais, quoique dérisoire, de l'histoire d'internet.

*

À ce stade du voyage, mon hypothalamus a lâché prise. Rythme circadien, faim, sommeil, émotions, je n'ai plus de boussole interne, la pression artérielle au plus bas, j'ai froid, la sensation diffuse d'un mal sourd, l'envie de me rouler en boule dans un trou terreux, et, à défaut, de casser quelque chose, la gueule de quelqu'un, un touriste par exemple.

Je passe sept heures dans cette espèce de centre commercial d'où partent aussi des avions, en me disant que, s'il existe un classement des aéroports les plus adaptés aux séjours de longue durée (utile pour les gens comme Edward Snowden et Mehran Nasseri), celui de Bangkok ne doit même pas y figurer.

Le terminal des départs ressemble à une serre géante, rectiligne et parcourue de travelators, dans laquelle les zones commerciales, organisées par thèmes, se suivent en enfilade. La présence et l'absence de tapis roulants ont été pensées de telle sorte que certains secteurs doivent être traversés à pied, notamment celui où se concentre le luxe européen, et la zone duty free. Je marche quinze minutes dans un sens, puis dix minutes dans l'autre, puis quinze minutes encore dans l'autre sens, avant de trouver où acheter une bouteille d'eau plate.

Comme c'est la mode dans les aéroports désormais, chacun se promène avec un petit caddie. Les écrans publicitaires surdimensionnés sont partout, vantant parfums, sérums régénérateurs à l'acide hyaluronique et œufs en chocolat Kinder. En certains points du grand couloir, des pagodes dorées abritent le commerce d'un artisanat thaï conçu spécialement pour les clients captifs : cher et produit en série.

Au milieu de l'édifice, une grande et longue sculpture doréecolorée représente une scène de la cosmogonie hindoue : le barattage de la mer de lait. D'un côté, l'équipe des dieux, de l'autre, celle des démons, chacune tirant sur un serpent comme sur une corde pour faire tourner un morceau de montagne posé sur le dos d'une tortue. Surplombant la scène du haut de l'éminence, un Vishnou violet à quatre bras. Après mille ans d'efforts, dit le mythe résumé sur une plaquette que personne ne lit, la mer de lait finit par donner naissance à tout un tas de trucs, dont le nectar d'immortalité pour lequel dieux et démons se battront (victoire finale aux dieux).

Devant cette sculpture imposante, où chacun des vingt protagonistes en simili-or et bonnet pointu a plus ou moins taille humaine, une foule de touristes en short se prend en photo. Certains avec leur téléphone, d'autres avec leur tablette, ce qui est encore plus ridicule. Tous tentent laborieusement de cadrer leur image pour avoir l'air seul devant l'installation. À l'arrière-plan, selon l'angle adopté, apparaîtra soit l'enseigne de Gucci, soit celle de Dior.

*

Je dors une heure dans une zone *lounge* minable, sur un canapé en plastique crevé aux coins, mon sac à dos en oreiller, ma veste posée sur la tête comme sur la cage d'un oiseau à faire taire. Je grelotte à côté d'une cheminée qui crache de l'air conditionné. Au lieu de sombrer dans le sommeil, je m'enfonce dans une tristesse pâteuse où se mélangent la lassitude d'être sans domicile fixe depuis deux semaines et le dégoût, à présent substantiel, du monde civilisé en général. Je commence à développer une espèce de haine angoissée des sols en faux marbre et des verrières de plafond. En ce point d'escale maudit, j'ai atteint la limite physique et morale de ma résistance à l'absurde. Cet état maussade ne me quittera plus.

Je finis par m'endormir après avoir couvert mes jambes et mes pieds de l'étole froissée et légèrement malodorante qu'est devenue mon écharpe. Si je pouvais en plus me recouvrir de larges pans de carton, ce serait manifester combien je suis devenue cette clocharde en grande surface, une condition proche de la dissidence qui n'est pas exempte de noblesse.

J'émerge plus tard, une joue rouge striée des coutures de mon sac à dos, et une bonne minute se passe sans que je comprenne où je suis. Autour de moi, tous ceux qui ne sont pas en train de pousser leur petit chariot ont le visage plongé dans un écran. En face de moi, deux post-étudiants américains, bronzés, mini-shorts en jean, marcels flottants à motifs fluo, n'ont pas jugé nécessaire d'ôter leurs lunettes de soleil.

Je n'ai plus envie de parler. L'idée me répugne de m'adresser à quelqu'un, pour redire que je suis journaliste, que je m'intéresse à lui/elle et aux raisons qui l'ont amené/e ici, car ce n'est même plus vrai. Je n'aime plus les gens, je les trouve dociles. Il leur suffirait de refuser les caddies, d'éteindre pour un temps leurs écrans, de regarder autour d'eux, pour voir, simplement, que ce qu'on leur donne à vivre est inacceptable.

Dans les années 1960 déjà on s'inquiétait sérieusement de l'avenir de cette humanité bêtement consommatrice, on s'interrogeait sur le sens d'une vie matérialiste, et sur ce salaire qui enchaîne les individus à leur condition d'acheteurs, de vulgaires débouchés pour les fabricants de biens manufacturés.

Aujourd'hui, partout dans le monde, ceux qui accèdent enfin, par la croissance économique, aux loisirs et aux divertissements, aux vacances, aux téléphones portables et aux sacs à main de luxe, se trouvent heureux dans cette espèce d'abrutissement par l'image, dans la vie toute plate des magazines et des prospectus publicitaires (qui ont d'ailleurs fini par fusionner, mais c'est une autre affaire). Leur consommation nourrit cette croissance, qui nourrit la possibilité d'une consommation supplémentaire.

Je regarde autour de moi, et je n'ai rien de neuf à dénoncer. Il y a un demi-siècle que tout a déjà été dit. Je suis obsolète dans ma colère, minuscule dans mon dégoût, impuissante au bord d'une autoroute mondiale où passent et repasseront toujours les caddies.

DUBAÏ

Le golfe Persique, indigo, bleu pétrole. Sous la mer d'huile, les hydrocarbures. Dans le ciel qui le prolonge, la lumière tombante découpe encore de minuscules silhouettes cruciformes filant dans un trait de vapeur, fuselages clignotants ralliant l'aéroport international de Dubaï. En 2014, plus de 70 millions de personnes ont transité ici, en provenance et à destination de deux cent soixante villes du monde.

Mon A330 à la queue mauve libère ses passagers par l'un des appendices de verre du Terminal 1. Sur le tarmac, à la brune, un ballet de gyrophares orange. Débarquée avec moi du vol TG 517 de Thai Airways, une vingtaine de femmes que je prends d'abord pour une bande de cousines compose en réalité un fret de main-d'œuvre non qualifiée expédié depuis les Philippines par une agence de placement spécialisée. Elles ont entre 20 et 30 ans, des vêtements simples et les cheveux noirs tirés en queue-de-cheval, visages de cuivre à la bouche épaisse. À Dubaï, elles seront employées de maison, femmes de ménage, nounous, caissières de supermarché, serveuses ou nettoyeuses.

Celle avec qui je parle en attendant le contrôle des passeports s'adresse à moi en m'appelant «*Ma'm*», manière bien apprise et toute contrôlée de ponctuer chacune de ses courtes phrases, appellation déférente qui m'embarrasse terriblement. Comment mener une conversation ordinaire, poser des questions simples et sans enjeu, plaisanter ou même sympathiser, avec quelqu'un qui termine toutes ses répliques par « *Ma'm* » ? En vérité, c'est impossible. Et dans cette impossibilité se cristallise la perversion du système qui emploie et sous-paie cette femme. Importée aux Émirats au titre de femme de ménage, celle qui me parle a si bien intégré sa condition sous-prolétaire assignée aux soutes de la mondialisation qu'elle s'interdit sans même s'en rendre compte de parler d'égal à égal avec quiconque ne partage pas son sort.

Ce « malaise dans la civilité » me poursuivra chaque jour que je passerai à Dubaï, où les touristes, dont je suis, se font appeler « *Ma'm* » et « *Sir* », comme si, chargés des devises nécessaires à faire tourner un système hypertrophié d'hôtellerie, de restauration et de commerce, ils accédaient de fait au statut supérieur que se sont arrogé les membres des tribus rentières du pétrole, ces hommes vêtus de blanc et d'or, ces femmes aux yeux de khôl entièrement voilées de noir.

À Dubaï, la forme particulière que prend le tourisme confond le luxe et la domination sociale, et renvoie à une hiérarchie féodale où la jouissance ne saurait prendre appui que sur la servilité d'autrui.

*

Au cinquante-cinquième étage du Rose Rayhaan, un établissement quatre étoiles qui, durant quelques mois, il y a quelques années, a pu revendiquer le titre d'hôtel le plus haut de la ville, je me réveille d'un sommeil court. Il est 5 h 30. En face de mon lit, la baie vitrée s'ouvre sur une aube de science-fiction, des gratte-ciel émergeant partout, épars, de la pâleur bleu-rose du désert. Une canopée de verre et de béton. À ma droite, à moins de deux kilomètres, Burj Khalifa et ses huit cent vingt-huit mètres de verticalité, d'élégance architecturale et d'aberration fonctionnelle clignotent dans les limbes pour se signaler aux avions. Au point du jour, le golfe Persique, lointain, n'est encore qu'un nuage.

Une heure passe dans la tiédeur grand luxe de ma couette. J'assiste immobile au spectacle des ombres qui se durcissent et des formes qui s'aiguisent, le soleil s'extrait des brumes pour les dissoudre. L'horizon, soudain, s'est couvert de maisons à perte de vue. Je distingue des petites grues au loin, jusqu'au milieu de la mer.

Plus près de moi, de l'autre côté de la grande route, sur une tour en diagonale de celle que j'habite, une publicité pour Breitling, une marque horlogère fondée en 1884 dans le Jura suisse, recouvre les fenêtres sur quatre étages et toute la largeur de la façade.

*

« *Build it big and they will come* », avait déclaré Sheikh Mohammed ben Rachid al-Maktoum, l'émir de Dubaï, au moment de faire construire le plus grand centre commercial de la terre, au pied de la plus haute tour du monde.

Je projette de consacrer quatre jours complets au Dubai Mall.

L'édifice est à deux arrêts de métro de mon hôtel, au pied de Burj Khalifa qui sera mon phare. Le matin est frais, je décide de m'y rendre à pied.

Me voici le long des routes, qui sont des rues en réalité, mais si larges que deux camions de quarante tonnes pourraient s'y croiser aisément. Le sol ne vaut rien. Entre les tours, de vastes espaces interstitiels, plates étendues inutiles et non aménagées qu'aucun piéton ne vient jamais fouler et qu'aucun architecte n'a pris le temps de valoriser.

Hormis les gratte-ciel, qui ont poussé là en désordre, la totalité de ce qui est bâti est jaune. Jaune, couleur désert, entre beige et moutarde. Sable compact devenu immobilier commercial. Vingt ans plus tôt, il n'y avait ici que des dunes. À présent, il y a la Sheikh Zayed Road, autoroute à huit pistes, fleuve d'asphalte irriguant le désert, où naviguent les berlines allemandes, les coupés italiens, et sur les rives duquel poussent ces immeubles jaunes dont l'architecture conserve inexorablement quelque chose du néant.

Ce jaune-là, désormais, appartient à d'autres déserts, déserts esthétiques et urbains, désert des inspirations, déserts au milieu du désert.

Puisque ici personne ne marche en plein air, le trottoir s'arrête soudain, relayé par une sorte de piste sableuse, à peine la largeur d'un corps, qui file sur deux cents mètres environ, entre le bord d'un terrain vague et l'autoroute, jusqu'à un autre vaste parking vide, à la lisière d'une zone de bureaux. De là, toujours en l'absence de trottoir, je marche sur les plates-bandes de gazon décoratif entre deux bretelles d'autoroutes, que je traverse au risque de ma vie, avant de m'engager le long d'un talus arboré en contrebas de la route.

Dans le monde parfait que prétend être Dubaï, les autoroutes sont bordées d'arbres et d'espaces verts. Arrosées d'eau potable fabriquée à l'énergie fossile, ces plates-bandes décoratives sont un non-sens que personne ne remarque. À l'arrière des voitures avec chauffeur, qui, à l'heure du divertissement sur écran tactile, regarde encore défiler le paysage derrière les vitres teintées ?

De la fenêtre d'un taxi, j'ai aperçu un jour, sur ce gazon d'autoroute, un ouvrier indien qui dormait sur son casque de chantier et trois femmes philippines qui partageaient un pique-nique.

*

Le soleil de janvier, proche du zénith, est sans pitié pour les yeux, diffusant une lumière en lame de rasoir. Sans avoir déployé d'autre effort que marcher tranquillement dans les effluves de

pétrole brûlé à travers une zone bâtie à l'échelle automobile, j'arrive en nage dans la périphérie du Dubai Mall.

À ma droite, Emaar, la compagnie immobilière d'État, es en train de construire, derrière de grandes palissades couverte d'images publicitaires pour des marques de luxe françaises, u nouvel hôtel ultra-haut de gamme dont l'ossature d'acier les plateaux de béton s'érigent déjà sur une vingtaine d'étage Autour du chantier, le trottoir est prêt, rutilantes dalles de grar vert et ocre qui imite explicitement le sol des centres comm ciaux. Personne ne mettra jamais les pieds dans ce plein-air n climatisé, puisqu'un tube de verre avec moquette au sol reli confortablement l'hôtel au mall. Mais du haut de cette passer la vue sera impeccable et les trottoirs somptueux, car, comm dit aussi Sheikh Mohammed ben Rachid al-Maktoum, « *ev thing here must be world class* ».

Preuve s'il en faut que ce trottoir d'apparat n'attend perso il ne conduit même pas à une entrée du Dubai Mall. Je traver route pour m'introduire dans un parking souterrain, où je ma tout droit au hasard, rien n'indiquant la direction à prendre. E j'aperçois une cage vitrée qui luit dans la pénombre, d'où pa deux ascenseurs et un escalier roulant.

Un étage plus haut, je m'engage dans un couloir anon une sorte d'entrée de service pour les chauffeurs et le pers de maison, qui se jette dans une grande artère lumineuse, an bordée de boutiques milieu et haut de gamme. J'y suis. surprise, à droite, Tommy Hilfiger, en face, Zara Home, I Adolfo Dominguez et Victoria's Secret.

À ma gauche, un coffee shop de la chaîne Costa (l Starbucks). Je décide de prendre ici un petit déjeuner tardi l'un des fauteuils de la « terrasse » en bois noir aménagée « rue ». Je commande une viennoiserie dont j'ai oublié l pseudo-français (une torsade de pâte feuilletée pleine de

de chocolat), et un café au lait très mousseux sucré à la sauce caramel, préparation américaine dont le nom laisse croire à des origines italiennes.

Comment savoir que je ne suis plus à Kuala Lumpur, ni sur une exoplanète colonisée par un démiurge nouveau riche ? L'air est parfumé à la rose. Les espaces, atriums et autres couloirs, sont radicalement plus grands que partout ailleurs à ma connaissance. Il se dégage de ces volumes de palais une sensation de luxe soutenue par la richesse des matériaux de construction et l'intelligence – oui, l'intelligence – des aménagements.

Je serai contrainte de le constater après quelques jours de déambulation : le Dubai Mall est objectivement un bâtiment très réussi, pour ne pas dire exemplaire dans son genre, qui impressionne positivement. Au cœur de son immensité, tout brille mais rien n'est en toc. Les murs, les sols, les plafonds, tout a coûté massivement cher, et cela se remarque sans jamais trop se voir. S'ajoute à ces qualités la propreté irréprochable de chaque centimètre carré du colossal édifice entretenu par une armée de nettoyeuses importées des Philippines. Au fond, il suffirait d'aimer le shopping pour s'y sentir bien.

*

Il n'y a qu'une seule bonne manière d'arriver au Dubai Mall, et c'est en voiture avec chauffeur. On descend alors de son carrosse quelque part sur Grand Drive, la zone de dépôt qui longe toute la façade nord-est, parallèle à Financial Center Road. Là, quatre portes monumentales, hautes d'une quinzaine de mètres, s'alignent dans une égale démesure pour donner accès, à l'est, aux Galeries Lafayette, au nord, à Bloomingdale's. Entre ces deux ancres, une rotonde spectaculaire amène au Grand Atrium, où se tiennent les animations, expositions et événements les plus prestigieux. Juste

à côté, dans un style de forteresse arabe, un gigantesque parallélépipède lumineux est ouvert sur ses quatre côtés par des portes en ogive et donne accès au Souk, une zone imitant le marché traditionnel moyen-oriental dans une version pasteurisée.

N'étant jamais venue ni en taxi ni en limousine, je n'ai franchi aucune de ces quatre portes dans le sens de l'entrée. En revanche, j'ai plusieurs fois emprunté l'interminable passerelle aérienne en verre de huit cent vingt mètres de long liant la station de métro au second étage du centre commercial. Un débouché qui n'est pas anodin, du point de vue de la hiérarchie sociale et de la logique économique qui régissent le Dubai Mall.

Ce dernier étage, en effet, a été conçu pour les familles de la classe moyenne. Cinéma multiplexe, salles de jeux électroniques, parc d'attractions, accès au zoo aquatique, zone de restauration rapide, mais aussi petits commerces de sucreries et de téléphones portables, magasins d'électronique ménagère/CD/DVD/livres, boutiques de vêtements pour enfants, drogueries, parfumeries bon marché, et même cabinets médicaux sans rendez-vous. Le second étage, assurément, est le moins noble du mall : il s'adresse à ceux qui se déplacent en métro. Il n'est pourtant pas le moins rentable. Avec leurs dépenses importantes en junk food et en divertissement, les familles sont les vaches à lait des centres commerciaux.

Il faut dire aussi que les foules, tout comme l'eau, tendent à s'écouler vers le bas, comme le disait A. Alfred Taubman, l'un des pères américains du *shopping mall*. Les architectes qui connaissent leurs classiques s'efforcent donc autant que possible de faire déboucher au second étage les parkings et les accès au métro, d'où les consommateurs n'ont plus qu'à se répandre en magma dans les étages inférieurs.

*

Dans la vitrine d'une boutique de téléphones portables, je repère une coque de protection pour iPhone sur laquelle figure un portrait en mosaïque de diamants de Sheikh Mohammed ben Rachid al-Maktoum. Son prix n'est pas affiché, mais, renseignement pris auprès d'un vendeur, elle coûte 1 300 dollars.

« Sheikh Mo » est sans doute, depuis avant même son accession officielle au pouvoir en 2006, l'un des hommes les plus puissants du Moyen-Orient. Ses ambitions et sa mégalomanie ont donné à sa ville son visage d'aujourd'hui, admirable et détestable, centrale et puissante.

L'héritier du clan Al-Maktoum a fait de son émirat sans pétrole le hub aéroportuaire le plus important du monde, un port de marchandises incontournable, une destination touristique de premier rang et un paradis fiscal essentiel pour le monde arabo-musulman. Ses « visions stratégiques » pour Dubaï et les Émirats arabes unis sont des sortes de plans quinquennaux infusés au volontarisme ultralibéral. Tout ce qui est entrepris sous son égide est gigantesque, luxueux et contre nature.

Quelque part entre le despote éclairé de droit divin et le CEO-gourou, il y a Sheikh Mo, qui, par ailleurs, continue d'être, à une échelle démultipliée par l'argent, un père de tribu bédouine de carte postale, collectionneur de femmes et de chevaux de course, dresseur de faucons et poète-philosophe à ses heures.

*

De retour au cinquante-cinquième étage du Rose Rahyaan. Vue nocturne sur les lumières d'une ville fantasmée. Je pourrais être l'héroïne d'un film formidable, il suffirait que je descende me soûler au bar de l'hôtel pour rencontrer Bill Murray.

Loin sous mes pieds, la Sheikh Zayed Road est un ruban orange parcouru de traînées rouges qui s'évanouissent dans la vitesse. Tout autour de moi, des gratte-ciel comme des dominos scintillent de toutes leurs fenêtres.

Panorama d'une beauté surnaturelle. Je pense à *Blade Runner*. Je pense à *Metropolis*. Je pense que rien ne peut plus m'arriver de beau qui n'a pas déjà été capturé par un objectif. En films, en catalogues, en magazines, en flux d'images partagées, avec l'œil de Google. Nul ne se présente plus vierge devant Dubaï la nuit. Je marche dans les pas de millions de touristes qui se sont tous émerveillés devant la même scène, ont tous pris la même photo, ont tous publié sur les mêmes réseaux sociaux. Chose déjà vue, à moitié vécue.

22 h 30, j'ai faim. À la carte du room service, le club sandwich « chicken BLT » me semble d'une répugnante conformité. Je sors. Le sang qui bout, les nerfs en quête de résistance, je marche, comme un prédateur dans la lumière fugace des phares. Je cherche les bas-fonds, le danger, la crasse ordinaire d'une ville la nuit, les ruelles piétonnes, la voûte des ponts, les tox, les clodos, les affamés qui bavent. Mais il n'y a pas de bas-fonds à Dubaï. Sous le sable, il n'y a que l'argent du pétrole.

*

J'entre dans un restaurant libanais qui ressemble à un sushi-bar suédois. Au rez-de-chaussée, les tables et chaises hautes sont d'un bois clair à la patine artificielle, dans un style pseudo-établi de menuisier. Sur les étagères murales, des objets décoratifs aux couleurs acidulées achèvent de faire contemporain. À l'étage, changement de scène, aménagement à l'orientale, grands bancs couverts de coussins qui longent les murs. Touche de modernité façon *Elle Déco*, les larges tables basses sont en métal, genre mobilier industriel de récupération. Comme si l'ambitieux propriétaire palestinien de cette franchise (car c'en est une) était allé chiner de vieux chariots ferroviaires dans une gare désaffectée d'Europe du Nord pour en faire des tables basses de caractère. On a aboli ici le sens des formes et des matières.

À cette heure tardive, le restaurant est encore animé. À côté de moi, une jeune famille saoudienne : sept femmes intégralement voilées et un jeune type en jeans avec des lunettes de soleil posées sur la tête. Dans une poussette, entre leur table et la mienne, dort une petite fille qui doit avoir l'âge de mon fils. Comme lui, elle a de longs cils noirs et les joues comme des pêches. Je ne la quitte pas des yeux, sans réaliser que cela pourrait inquiéter sa mère. Je voudrais prendre cette fillette dans mes bras, sentir un instant seulement la densité chaleureuse de ce petit corps de treize-quatorze kilos endormi en toute confiance.

Il n'y a pas si longtemps, je pouvais regarder les enfants avec la plus parfaite indifférence. Il aura suffi que j'en porte un, que je le nourrisse et le regarde chaque jour éclore, pour que cette sensation simple, donner de l'amour en dépendance réciproque, devienne une part vitale de moi-même, une fonction palpitante qui, lorsque l'objet de ma tendresse fait défaut, se reporte sur tout ce qui présente une forme similaire. Je suis une mère sans son enfant : un cœur qui déborde de lait.

*

Le golfe Persique, bleu roi sous un soleil vertical. La lumière découpe une flottille de triangles gracieux, effilés en leur sommet, ployant dans leur grande longueur, voiles blanches de boutres filant au large récolter fortune. Ce sont des pêcheurs de perles.

Le cliché, colorisé par mon imagination, date d'avant les années 1930. Bateaux et plongeurs étaient nombreux, minuscules dans ce recoin de l'océan Indien, à mendier à la mer de quoi vivre une saison encore, rembourser des dettes, nourrir une famille. À Dubaï comme partout ailleurs sur cette côte ingrate où le soleil fait s'évaporer la mer et sécher le sel, la population a longtemps cherché sa subsistance dans les entrailles capricieuses de bivalves benthiques.

Le commerce de perles, porté par le développement économique des Indes britanniques, était devenu pour certains clans de la tribu des Bani Yas une alternative valable à la culture des palmiers dattiers. Les XVIIIe et XIXe siècles ont vu des nomades se sédentariser sur les côtes, ou s'y établir entre mai et septembre, la saison perlière, avant de s'en retourner naviguer avec tentes et chameaux dans les régions montagneuses du désert d'Arabie.

Le pêcheur de perles est-il une figure romantique ? Incarnation : muscles tendus sous une peau brûlée par la mer, en voici un qui s'apprête à se laisser entraîner jusqu'à vingt-cinq mètres de profondeur, une pincette sur les narines et le poids d'un roc aux pieds. Dans cette nuit dense et saline, il se maintient une minute, une minute et demie, le souffle coupé, moissonnant les huîtres à même le récif, les doigts gainés de cuir pour briser le ciment qui les attache. Le produit de sa récolte sera déboursé sur le bateau. D'autres que lui fouilleront les mollusques. On dit qu'il faut ouvrir mille kilos d'huîtres pour espérer trouver trois ou quatre de leurs boules de nacre. La tonne de coquilles mortes est rejetée à la mer, et le revenu des perles distribué à tout l'équipage, au prorata des mérites et de la hiérarchie sociale.

Jusqu'à trente fois dans une journée, le plongeur plonge, et parfois lorsqu'il remonte il perd connaissance, il souffre de lésions oculaires dues à la pression, parfois aussi il ne remonte jamais et meurt noyé à cause d'un problème technique. Souvent, il a laissé dans le désert femmes, enfants et parents âgés pour les quatre mois de la saison des perles. La subsistance de la famille est assurée par un crédit auprès de l'affréteur. Si la récolte est mauvaise, le plongeur qui a survécu est endetté jusqu'à la saison suivante.

Davantage que la fortune, le commerce de perles a donné à Dubaï une place dans la mondialisation. Institué en port franc à l'orée du XXe siècle, le village de pêcheurs du clan Al-Maktoum, à la croisée des marchandises entre l'Orient et l'Occident, voit sa population croître grâce à la perspective de profits libres d'impôts. Une nouvelle classe de négociants, souvent plus éduquée que les gens du désert, s'installe et prospère, venue d'Iran, d'Irak, du Liban, de Palestine, de tout le pourtour du Golfe et jusqu'au Balouchistan.

Devenue centrale dans les échanges Est-Ouest, Dubaï subit aussi les revers de son exposition internationale, et dans les années 1930 elle sera prise entre deux feux. Soufflant de Wall Street, le vent mauvais de la crise financière tarit les fortunes et les sources du crédit, tandis qu'au Japon un miracle industrialo-biologique se produit, qui fait chuter dramatiquement et définitivement le prix des perles : quelque part entre Tokyo et Osaka, sur un îlet de la baie chaude d'Ise, le fils d'un vendeur de nouilles qui rêvait d'attacher des colliers de perles au cou de toutes les femmes du monde invente l'ostréiculture perlière, signant la faillite des négociants dubaïotes.

La tolérance réglementaire et fiscale, adossée à l'importation de marchands habiles et de main-d'œuvre bon marché, fonde la stratégie de croissance du clan Al-Maktoum depuis son installation à Dubaï. Elle fera son salut dans la crise des années 1930, et sa prospérité jusqu'à ce jour. Telle que je la découvre en 2014, Dubaï n'est derrière sa modernité en érection qu'une version hypertrophiée, obèse de la rente pétrolière, d'une structure économique, sociale et politique qui n'a pas évolué depuis un siècle.

*

Au cœur du Dubai Mall, trois cents requins et raies tournent en rond dans un aquarium de cinquante mètres de long par vingt mètres de large, en compagnie de trente-deux mille sept cents autres créatures marines dont le profil n'intéresse pas les chargés de communication du centre commercial. L'aquarium du Dubai Mall n'est bizarrement pas le plus grand du monde. En revanche, il contient la plus importante collection de requins-tigres.

La seule présence de ces grands prédateurs justifie que des gogos, à qui la traversée du tunnel en plexiglas ne suffit pas, paient pour aller nager en vitrine avec eux. Plusieurs modalités sont offertes : snorkeling en cage, scooter sous-marin (une ou deux places), plongée libre avec bonbonnes d'oxygène, plongée en cage avec scaphandre, le tout avec ou sans garantie d'approcher des requins (l'option qui nécessite que le personnel de l'aquarium rabatte les bêtes vers les touristes à l'aide d'appâts est naturellement plus chère). Certaines de ces offres ne requièrent pas de savoir nager, ni même de se mouiller les cheveux, et il est toujours possible de louer une caméra GoPro pour conserver un souvenir inoubliable de ce moment d'osmose avec la nature.

*

Nous partageons un coin de salon arrosé d'ondes wi-fi dans le secteur bijouterie du rez-de-chaussée. Autour de nous, quatre boules de buis en pot encadrent une moquette couleur sable. Nos deux fauteuils carrés en cuir noir sont séparés par une petite table blanche. Sur ses cuisses croisées, elle a posé son ordinateur portable. Longues boucles brunes enroulées en chignon laqué, rouge à lèvres « nude », elle porte un parfum connu, *Cinéma* d'Yves Saint Laurent peut-être. Sur la largeur de son écran 15 pouces, l'interface de Facebook aspire toute son attention. Je la regarde, son corps de 20 ans, le dos droit et des proportions parfaites gainées dans des vêtements modernes, col roulé, pantalon carotte, taille fine, déployer tous les moyens de la séduction. Mais, derrière ses lunettes, ses yeux, perdus dans le défilé de son trackpad, sont incapables de saisir la chance d'une rencontre.

Lorsque je l'interromps, K. est enchantée de faire ma connaissance. Nous parlons français, elle est marocaine. Elle enlève ses lunettes comme si elles faisaient barrière, comme si elles m'empêchaient de la voir battre des cils. Mon métier de journaliste lui fait croire un instant qu'elle va devenir célèbre.

Il y a trois ans, K. a été recrutée comme hôtesse de l'air par une compagnie de jets privés dirigée depuis Dubaï par un Égyptien qui a fait faillite depuis. Ne voulant pas rentrer au Maroc, elle multiplie les emplois temporaires d'hôtesse d'accueil pour prolonger son visa de séjour.

K. préfère passer son temps libre au Dubai Mall plutôt que dans le petit appartement qu'elle partage avec une jeune femme de son âge. Ici, elle a l'impression de vivre dans un lieu important, central, multiculturel, où tout peut lui arriver, en particulier l'amour et la fortune qu'elle imagine aller de pair. Elle n'a pas 20 ans mais 24, craint de n'être plus nubile, déjà périmée, voudrait tant avoir des enfants.

Nous resterons en contact sur Facebook. Depuis, je la regarde de loin en loin, cacher sa solitude derrière des photos de groupe où, entourée de collègues de circonstance ou d'amies vite oubliées, elle prend la pose des vainqueurs devant un stand de promotion immobilière, un sapin de Noël ou une limousine.

*

Du sable fin se colle entre mes pieds et la semelle de mes sandales. Elle aura beau faire, Dubaï n'échappera pas au désert. Sur le bord des routes, en petits tas entre les dalles ou en fine pellicule sur les trottoirs, la poussière de roche portée par le vent a sournoisement entrepris de regagner du terrain sur la ville.

Je suis une touriste européenne. Je viens du continent qui a inventé le tourisme. Je pense que celui que je pratique – pédestre, culturel, écoresponsable – est le seul qui vaille. Je pense que mon mode de vie – citadin, sillonné de pistes cyclables et de coulées vertes – est le seul qui vaille.

Pour ces autochtones qui longtemps n'ont eu que la soif et aspirent aujourd'hui, naturellement dit-on, au luxe dans sa forme la plus stéréotypée, je déploie toute la compréhension et la sympathie dont je suis capable. Et pourtant je n'y arrive pas. Je ne m'adapte pas. Je persiste à faire comme si je détenais la seule véritable manière de faire usage du monde. Je marche, au risque de ma vie. Je traverse les autoroutes à pied. Le soir surtout, quand la fatigue me gagne, je maudis cette ville, ce rêve de chamelier parvenu, ce modèle de développement à rebours du bon sens.

*

C'est peu dire que Dubaï entretient un étrange rapport au plein air. Alors que la plupart des trottoirs n'ont pas vocation à être empruntés, les restaurants les plus prisés du Dubai Mall sont ceux qui ont une terrasse extérieure avec vue sur la fameuse fontaine dansante. En ce point réputé être l'un des plus chauds de la planète, avec 40 degrés à l'ombre le plus clair de l'année, la pratique romantique consistant à manger en terrasse s'appelle « *dinner al fresco* ». Un intitulé qui n'est pas aussi usurpé qu'on pourrait le croire, puisque ces extérieurs sont climatisés.

Depuis le rez-de-chaussée inférieur du Dubai Mall, on accède à ces terrasses toujours bondées par des portes tambours, dont la fonction est de limiter la circulation entre l'air climatisé du dedans et celui du dehors, mais qui présentent l'inconvénient de se bloquer fréquemment, surtout lorsqu'elles sont très sollicitées.

Dans le compartiment de la porte tambour où je reste coincée quelques minutes à cause d'un gros Américain à casquette qui n'a pu s'empêcher de forcer son passage, il y a un monsieur très rouge et sa femme sérieusement inquiète à l'idée que l'on finisse par manquer d'air. Ils doivent avoir une soixantaine d'années et, comme 99 % des touristes français que j'ai pu observer à l'étranger, ils parlent trop fort pour dire des choses bêtes (du moins, je les considère ainsi). Ils sont accompagnés par un homme plus jeune bien que plus dégarni, dont le polo Ralph Lauren et la montre Rolex sont l'expression d'un train de vie supérieur au leur. Goguenard, ce dernier me prend à témoin en anglais pour se moquer de celle dont j'apprendrai plus tard qu'elle est sa belle-mère.

Le seul fait de répondre dans leur langue maternelle suffit, à mon corps défendant, à me valoir leur sympathie collante. Sortis du piège de la porte tambour, nous partageons un milk-shake en terrasse climatisée.

R., l'homme à la Rolex, mène la conversation et fait valoir en cette pauvre occasion un entregent naturel qui, dans le passé, a dû faire sa fortune de « commercial ». Au Dubai Mall, il fait le guide touristique pour ses beaux-parents venus de France voir leurs petits-enfants. Monsieur et madame C. trouvent que le mall est « très agréable », et « vraiment grand ». En autochtone d'adoption, R. connaît l'institution par cœur, tant il y vient souvent avec femme et enfants. « Il n'y pas grand-chose d'autre à faire à Dubaï. »

L'épouse de R. est gestionnaire de fortune chez BNP Paribas. Il y a moins d'un an, alors qu'ils vivaient dans la région genevoise, la banque lui a proposé une promotion assortie d'un package d'expatriation royal pour aller parfaire à Dubaï sa pratique des environnements fiscaux créatifs. R., lui, dirigeait une entreprise de staff et plâtrerie haut de gamme (moulures, faux plafonds et isolations phoniques) et trouvait ses clients dans l'hôtellerie de luxe et les grands groupes horlogers. Depuis qu'il vit à Dubaï, R. ne travaille plus. Il ne s'occupe pas non plus de ses enfants ni du ménage, le service de plusieurs auxiliaires philippines étant compris dans le « package expat » de BNP Paribas. Que fait-il de ses jours ? Parfois, il prend sa voiture de collection et roule à cent soixante kilomètres à l'heure jusqu'à Abu Dhabi, histoire de changer d'air climatisé. Le reste du temps, il tue l'ennui sur internet.

Quelques semaines après notre rencontre, R. m'envoie par courrier électronique une photo de ses beaux-parents qui ne sourient pas, prise au Dubai Mall sur un stand de promotion pour les appareils Nikon. L'image, passée au filtre des serveurs de la marque japonaise, a vocation à être partagée sur les réseaux sociaux, avec un encadré jaune qui fait dire : « *I am at the heart of Dubai.* » Mines cramoisies, doubles mentons et regards éteints, monsieur et madame C. découvrent un monde où chaque être humain est devenu un support publicitaire en puissance.

*

Walter Elias Disney est sans doute l'homme le plus influent du XXe siècle, et les deux premières décennies du XXIe ont vu son aura empreindre les aspects les plus divers de nos existences. Plus que la souris Mickey, le pionnier américain du cinéma d'animation a inventé, par exemple, un certain canevas narratif, ou *storytelling*, dont les ressorts ont été assimilés jusqu'à devenir subconscients par tous les spécialistes de la communication politique. Il est aussi le père des parcs à thème, cette expérience immersive du divertissement dont le modèle inspire désormais les musées les plus prestigieux du monde et nombre d'institutions culturelles dites classiques. En un demi-siècle, la « disneyification » du monde a pris des proportions qui échappent à ses héritiers autant qu'à ses détracteurs, pour se manifester littéralement partout (dans le clip promotionnel d'une tablette numérique, à l'assemblée générale des actionnaires d'un grand groupe pharmaceutique, dans le discours d'un candidat à la présidence de son pays, dans le parcours d'une exposition consacrée aux grands maîtres de l'impressionnisme, etc.)

Toutefois, il n'est pas un lieu sur terre où le spectre de l'Oncle Walt est plus présent qu'au Dubai Mall. Ainsi, la fontaine dansante, notoirement la plus grande du monde, doit beaucoup, conceptuellement et esthétiquement, à *Fantasia* (1940) – c'est en tout cas mon avis. Au début de ce film d'animation, Mickey l'apprenti sorcier s'endort après avoir délégué à un balai-brosse la corvée de remplir d'eau un chaudron. Dans ses rêves, la souris est tel Moïse sur la montagne, et au rythme du poème symphonique de Paul Dukas, elle allume les étoiles et commande l'éruption des eaux comme l'autre ordonnait qu'elles s'écartent pour laisser passer son peuple. Le cinéma, et celui de Disney en particulier, est jalonné de ces scènes où les éléments s'animent en musique pour célébrer le pouvoir de l'héroïne ou du héros. Ces images ont imprégné l'imaginaire collectif, notamment celui des concepteurs de fontaines dansantes.

Celle du Dubai Mall a été conçue par Mark Fuller, un ingénieur formé dans les années 1970 à l'école Disney des parcs à thème (ce qui fait de lui un « *imagineer* », néologisme propre à cette entreprise désignant un ingénieur dont le travail rend possible dans la vraie vie une situation vue dans un dessin animé). Son entreprise, WET Design, a conçu plus de deux cents fontaines dansantes dans le monde, dont celle de l'hôtel Bellagio à Las Vegas (juste en face de la réplique de la tour Eiffel) et celle du Morocco Mall de Casablanca. Les centres commerciaux, les hôtels et les organisateurs de Jeux olympiques sont les principaux acheteurs de ces objets spectaculaires.

À la tombée du soir et jusqu'à la fermeture du centre commercial, la Fontaine de Dubaï se donne en spectacle à raison de cinq minutes toutes les demi-heures. Une foule compacte s'amasse alors aux abords du petit lac artificiel pour constituer un nuage d'écrans bleus tendus vers le ciel. Chercher « Dubai Fountain » sur YouTube, c'est avoir le choix de visionner au moins trois cent mille vidéos différentes.

Plusieurs mois après être rentrée de Dubaï, j'ai regardé *La Reine des neiges* (2013) en compagnie de quelques enfants. Au moment où Elsa décide enfin de « *let it go* » pour s'ériger un palais de glace en chantant, il m'est apparu qu'elle ne faisait pas autre chose que cristalliser les formes d'une vaste fontaine dansante. J'ai alors eu une petite pensée pour Sheikh Mo, l'homme qui, lui aussi, fait jaillir des palais et danser à sa gloire l'eau dans le désert.

*

Viens festoyer sous le ciel de Dubaï si tu veux voir un peuple vivre au paradis
Viens rendre hommage à Mohammed, leader de Dubaï, qui sait apprécier que la branche d'un arbre atteigne le ciel
Et embrasse les étoiles. Si tu te demandes jusqu'où son imagination nous emmènera
Sois certain que ce lieu est insignifiant en regard de tout ce qu'il prépare et ne nous dit pas encore.
Pour Mohammed, Dubaï est comme une jeune fille dont il est tombé amoureux et qui, par sa grâce, devient l'incarnation de la fierté
Comme le ciel lui-même il veille sur Dubaï, en ses lieux ensoleillés et ses recoins secrets, pourvoyant aux générations futures, par lesquelles vivront nos traditions
Il est le chevalier servant de la "cité de la vie", je lui fais allégeance et lui promets mon sacrifice.

Sama Dubai est une ode à Sheikh Mo interprétée par le chansonnier émirati Mehad Hamad. Tous les jours de l'année, au crépuscule, la fontaine à 200 millions de dollars danse au rythme syncopé de ce dithyrambe.

*

Voyager, de là où je viens (boboland post-soixante-huitard), c'est aller se frotter à d'autres usages, d'autres goûts, d'autres couleurs, et par la même occasion faire l'expérience de la variété et de la profondeur de l'Histoire. Les sites à visiter absolument que recensent les guides de voyage sont souvent les témoins architecturaux d'une autre époque, d'une autre civilisation, ou alors des lieux où l'on peut assister à une forme de vie en société typique de la région. Le tourisme tel que je l'ai toujours pratiqué, tel que mes parents me l'ont enseigné, cherche à saisir quelque chose du passé et du présent, pour en extraire une alternative, manière de vivre autrement que l'on appelle parfois « exotisme ».

Dubaï échappe complètement à cette définition du tourisme. La ville n'offre que le spectacle de son actualité, et le confort absolu de pratiques universelles. Rien de ce que le touriste est venu voir à Dubaï, notamment le gigantisme architectural, n'existe depuis plus de dix ans – exception faite du sable, de la mer et des palmiers, dont il faut tout de même reconnaître qu'ils étaient là bien avant de devenir les signifiants exclusifs de vacances balnéaires réussies.

Jamais, ici, le touriste n'aura à s'adapter à d'autres mœurs que les siennes, ou à d'autres formes de loisirs. La pratique de l'islam et la charia ne concernent réellement que les Dubaïotes de souche, le droit véritablement commun à la population résidente ou de passage étant celui des affaires, la religion universelle celle d'un luxe stéréotypé. À tout moment de son séjour le touriste aura le choix, pour se nourrir, entre un restaurant libanais et un français, un italien et un américain, un chinois, un thaï, un coréen, un japonais ou un mexicain. Il dormira forcément dans le lit king size d'un hôtel trois étoiles, quatre étoiles ou cinq étoiles appartenant à un grand groupe international. Tout ce qu'il achètera aura été fabriqué en Chine, au Vietnam ou au Bangladesh, pour le compte d'une marque française, suédoise ou espagnole.

Voyager comme on zappe. Dans ce cadre préfabriqué, sans surprise et sans effort, au croisement des stéréotypes nationaux et du loisir thématique, Dubaï a inventé le tourisme anhistorique et a-géographique, le tourisme conçu comme un bouquet de chaînes de télévision. Chacun y trouvera de quoi conforter ce qu'il sait déjà du monde, sans compromis, sans déception. Retour sur investissement garanti. En 2014, 11,6 millions de clients en sont repartis avec le sourire.

*

Avant que le Dubai Mall n'écrase de ses superlatifs le reste des centres commerciaux de la région, les touristes en quête de sensations chères en CO_2 se rendaient au Mall of the Emirates. Ski Dubai, le fameux domaine skiable d'intérieur, y culmine sur pilotis à quatre-vingt-cinq mètres d'altitude et constitue l'un des parcs à thème les plus sinistres qu'il m'ait été donné de voir.

L'absence totale de lumière naturelle alimente la sensation angoissante d'évoluer dans une capsule post-apocalyptique reconstituant la vie sur terre avant que l'humanité n'ait été condamnée à l'exil sur Mars. Cette atmosphère de station orbitale est encore renforcée par le fait que tout le monde y porte la même tenue. Le prix d'entrée, qui oscille selon les forfaits entre 50 et 130 euros, inclut en effet une combinaison bleu, rouge et noir, une paire de gants et une paire de bottes.

Certains visiteurs, toutefois, portent une tenue différente, généralement plus seyante, plus à la mode, et tiennent lieu ici d'aristocratie. Il s'agit d'expatriés issus de ces lointaines régions du monde qui jouissent d'une topographie montagneuse ou d'un climat continental, régions où le ski est encore un loisir pratiqué à l'air libre (avec un bilan carbone à peine moins discutable, mais c'est une autre affaire).

Quel mystérieux motif peut bien pousser ceux qui ont connu les « vrais » sports d'hiver à venir skier ici ? Explication de B., mère de famille slovène et cadre chez IBM, qui fréquente le parc une fois par semaine avec ses deux garçons de 7 et 10 ans : « En Slovénie, le ski est une tradition. Je ne voulais pas que notre expatriation empêche mes enfants de progresser dans ce sport. »

Longtemps, les propriétés géographiques ont façonné les usages et les cultures des populations locales. En recourant au pouvoir magique des énergies fossiles pour nier le sable et la fournaise qui la constituent, Dubaï s'est érigée en agrégat universel d'expériences et de pratiques hors sol. Aujourd'hui, elle n'est plus que ce point du monde en creux où l'on est riche de ne renoncer à rien.

Il m'arrive parfois de me rappeler que, au nom du divertissement des familles, des pingouins de cirque qui ne voient jamais la lumière du jour sont élevés dans les sous-sols du Mall of the Emirates. Pour l'équivalent de 340 euros, le parc vend la possibilité de nager avec eux pendant dix minutes dans leur aquarium réfrigéré, vêtu d'une combinaison en néoprène. La seule évocation de cette réalité suffit, les jours de grande sensibilité, à me faire monter les larmes aux yeux.

*

Au début du XXe siècle, la famille Al-Futtaim a fait fortune dans le commerce de perles. Après la crise des années 1930, le patriarche s'est reconverti dans l'importation de voitures japonaises. Le clan, tantôt proche, tantôt rival des émirs Al-Maktoum, a toujours été l'un des plus riches de la région. Aujourd'hui encore, Majid al-Futtaim est à la tête de la troisième fortune des Émirats (les deux premières étant détenues respectivement par Khalifa ben Zayed al-Nahyane d'Abu Dhabi et Mohammed ben Rachid al-Maktoum de Dubaï).

Majid al-Futtaim est l'homme par qui la neige et les pingouins sont arrivés dans le désert. Le conglomérat qu'il dirige s'est spécialisé dans l'immobilier, les centres commerciaux, les loisirs familiaux et les supermarchés. Il déploie ses activités dans toute la zone d'influence du Golfe, entre l'Égypte et le Pakistan, où il possède entre autres la franchise exclusive des supermarchés Carrefour.

Après les Printemps arabes, Majid al-Futtaim a fait de ses promesses d'investissement un instrument politique de barrage aux Frères musulmans. Son soutien au général Al-Sissi s'est matérialisé en une ribambelle de centres commerciaux érigés entre Alexandrie et Le Caire. Début 2017, dans la ville nouvelle de 6-Octobre, en périphérie de la capitale, Majid al-Futtaim inaugurait le Mall of Egypt, un centre commercial haut de gamme doté d'une piste de ski identique à celle de Dubaï.

La gestion du gouffre énergétique que représentent ces infrastructures de loisirs, notamment le maintien d'un parc de 22 500 mètres carrés à une température constante de – 2 degrés et la production quotidienne de 25 tonnes de neige trois cent soixante-cinq jours par an, est assurée par une joint-venture unissant Majid al-Futtaim et la société française Veolia. Cette dernière, cotée en Bourse, compte parmi ses principaux actionnaires la Caisse des dépôts et consignations (argent public français), le groupe industriel Marcel Dassault, et une société-écran du fonds souverain qatari basée au Luxembourg.

*

Au rez-de-chaussée du plus grand mall du monde, il y a un supermarché Waitrose. Devant moi à la caisse, trois grandes femmes russes et blondes au corps généreux, deux jeunes filles tout juste sorties de l'adolescence et leur mère au visage sans âge, toutes fardées et vêtues d'une manière également estivale et ostentatoire – de l'or, du rose corail, des motifs floraux, et aux pieds des monogrammes de marques françaises. Elles parlent fort, elles rient, tout en déchargeant sur le petit tapis roulant un chariot débordant de vivres, notamment trois palettes de trente-six canettes chacune de Pepsi Light.

Préposée à l'encaissement des marchandises, une petite femme asiatique à la peau cuivrée, une vingtaine d'années, réceptionne, debout, la montagne de marchandises à passer au scanner en actionnant le tapis roulant à l'aide d'une pédale. Les trois Russes n'ont pas un regard pour elle, qui remplit un cabas après l'autre, manœuvre de ses petits bras les palettes de Pepsi, les dépose à ses pieds, où un service de livraison viendra les chercher plus tard. Les clientes attendent seulement en bavardant qu'un montant s'affiche sur un écran digital pour tendre une carte de crédit dorée, avant d'aller se perdre en riant dans les entrailles du Dubai Mall, et échouer comme on le suppose à la table d'un coffee shop franchisé où elles siroteront trois frappuccini caramel débordants de glaçons et de chantilly à l'aide de pailles multicolores.

Les caissières de Waitrose travaillent debout, un pied en permanence sur le pédalier qui actionne le tapis roulant, dans un environnement sans lumière naturelle. Leurs journées de travail comptent dix heures ponctuées de trois courtes pauses. Elles sont payées l'équivalent de 350 euros par mois.

*

En surface, Waitrose est une chaîne britannique de supermarchés haut de gamme, épicerie fine, produits frais, bio et équitables, fournisseur officiel de la famille royale d'Angleterre.

Au rez-de-chaussée du Dubai Mall, le magasin qui porte ce nom est géré sous licence par une société dubaïote à responsabilité limitée, Fine Fare Food Market, qui sert d'écran à Spinneys Dubai.

Dans tous les pays du Moyen-Orient et du Golfe, la chaîne de supermarchés Spinneys appartient au groupe Abraaj, un fonds d'investissement apatride pourtant établi dans l'une des cinq zones franches de Dubaï et dirigé par Arif Masood Naqvi, un Pakistanais de Karachi formé chez Arthur Andersen à Londres. Il n'y a que sur le territoire dubaïote – allez comprendre – que Spinneys appartient à Ali Albwardy, un joueur de polo autochtone, propriétaire rentier d'un vaste conglomérat diversifié.

*

Avant d'être serveuse dans le restaurant où je lui commande un panini tomates-mozzarella, S. a été caissière au Waitrose. Il est 15 heures, je suis sa seule cliente, elle est joyeuse, bavarde et m'en dit long sur sa vie.

Il y a trois ans, elle quittait son village dans la banlieue de Cebu, aux Philippines, pour venir grossir l'armée des travailleurs non qualifiés qui entretient le mirage dubaïote. Aujourd'hui, rien ne saurait ternir son enthousiasme d'être barmaid au Carluccio's (une enseigne « *Honestly Italian* », dit son slogan). Ni ses horaires difficiles ni son travail sous vidéosurveillance continue. Son corps pourtant jeune se souvient dans la douleur de ses années au Waitrose. Sa récente promotion sociale se traduit par deux avantages matériels notables : un salaire supérieur de quelque 50 euros par mois, et la vue qu'offre la terrasse du Carluccio's sur la fontaine dansante.

S. a 22 ans, elle est mariée et maman d'un petit garçon de 3 ans. Son époux, qui a le même âge, travaille lui aussi à Dubaï, et c'est une chance, dit-elle, car ils peuvent vivre ensemble (ainsi qu'avec quatre autres personnes, dans une chambre-dortoir qu'elle loue à son employeur, à une heure de bus du Dubai Mall). Leur petit garçon, resté à Cebu, confié aux bons soins de la famille, n'est plus qu'un sourire au fond d'un écran de téléphone portable, un souvenir inscrit dans son corps qui, parfois, illumine une fenêtre Skype.

Les conditions de vie de S. et de son mari les situent dans la moyenne supérieure des travailleurs non qualifiés importés aux Émirats – les ouvriers de chantier bangladeshi, pakistanais ou népalais détenant la palme du pire. Ici, comme dans *Le Meilleur des mondes*, les seules perspectives d'évolution, au niveau du travail, du logement, ou des possibilités d'être en famille, restent dans les limites étroites de sa caste d'origine : si l'on est méritant, on devient barmaid plutôt que caissière. La possibilité d'un regroupement familial est totalement exclue.

Sur Facebook, où elle me contacte immédiatement après notre rencontre, S. publie beaucoup de photos de ce qu'elle mange – glaces à la pistache, fritures et soupes de macaronis –, des selfies avec son mari, des vidéos virales de « curiosités du monde » généralement à connotation sexuelle, et des textes de prière, comme celui-ci : « Seigneur, je voudrais prendre une minute, non pas pour te demander quoi que ce soit, mais pour te remercier pour tout ce dont je bénéficie. » (Faites passer le message si vous y croyez.)

Le fil de ses publications m'apprend aussi combien elle aime sincèrement Dubaï. Le jour où la ville a été désignée pour accueillir l'Exposition universelle de 2020, elle s'est prise en photo devant la fontaine dansante, exultant comme si, d'une manière ou d'une autre, elle allait bénéficier personnellement de la tenue, sur le sol qui l'exploite, de cette manifestation internationale.

*

Rez-de-chaussée, entre New York et Paris (entre Bloomingdale's et les Galeries Lafayette). Reliant les deux grands magasins, un boulevard traverse deux des atriums les plus fréquentés de l'édifice. Au Monopoly, ce serait l'artère la plus chère de cette ville-mall (avec Fashion Avenue, le secteur ultrarentable où se concentrent les noms les plus prestigieux de la mode). Entre New York et Paris, donc, s'alignent les bijoutiers et les horlogers. Petit recensement des forces en présence.

À ma gauche : Montblanc (groupe suisse Richemont), Baume & Mercier (groupe suisse Richemont), la boutique multimarques Watch Gallery (groupe Paris Gallery, propriété de la famille Al-Fahim d'Abu Dhabi), Richard Mille (horloger suisse), la boutique multimarques Damas Les Exclusives (groupe Damas, d'origine syrienne, basé à Dubaï). Je précise que les boutiques multimarques vendent principalement des montres suisses.

À ma droite : A. Lange & Söhne (groupe suisse Richemont), la boutique multimarques BinHendi Watches & Jewellery (groupe dubaïote BinHendi Enterprises, propriété de Mohi-Din BinHendi, ancien directeur des douanes aéroportuaires de Dubaï, puis du département de l'aviation civile, et responsable du développement de l'aéroport international et du duty free), Pomellato (groupe français Kering, ex-PPR), Audemars Piguet (horloger suisse), Glashütte Original (groupe suisse Swatch), Versace Jewellery (franchise détenue par le groupe dubaïote Samra), De Beers Diamond Jewellers (joint-venture de droit britannique, unissant la holding belge du Français Bernard Arnault et le conglomérat luxembourgeois du minier sud-africain De Beers – ce dernier a racheté les parts de Bernard Arnault début 2017 et détient à présent 100 % de l'enseigne), Chaumet (groupe français LVMH de Bernard Arnault).

Autour de l'atrium principal, occupant les emplacements les plus en vue depuis l'entrée principale : Tiffany & Co. (joaillier américain), Graff (joaillier britannique), Breguet (groupe suisse Swatch), Piaget (groupe suisse Richemont), Rolex (horloger suisse), Patek Philippe (horloger suisse), Chopard (horloger-joaillier suisse), Bulgari (groupe français LVMH), Cartier (groupe suisse Richemont).

En continuant tout droit, direction « Paris », à ma gauche : Pinctada (bijoutier dubaïote spécialisé dans les perles), Van Cleef & Arpels (groupe suisse Richemont), Korloff Paris (groupe koweïtien Morad Behbehani), Al Fardan Jewels & Precious Stones (groupe qatari Alfardan). À droite : Levant Jewellery (propriété d'Arif Ben Khadra, un agent d'affaires palestino-marocain agissant pour le compte de l'Israélien Lev Leviev), David Morris (joaillier britannique), la boutique multimarques Ahmed Seddiqi & Sons (propriété de la famille dubaïote Seddiqi), Paspaley Pearls (groupe australien Paspaley), Tabbah (joaillier libanais).

Autour de l'atrium circulaire ouvrant sur la zone dite « Souk » : Jaeger Lecoultre (groupe suisse Richemont), Tag Heuer (groupe français LVMH), Vertu (fabricant britannique de téléphones mobiles de luxe assemblés à la main fondé par le groupe finlandais Nokia et qui a fait faillite en 2017), Longines (groupe suisse Swatch), Zenith (groupe français LVMH), Omega (groupe suisse Swatch), Mesgarzadeh (marchand de tapis iranien).

Il me semble que cette liste peut se passer de commentaires.

*

Dans la partie du monde d'où je viens, Dubaï est synonyme de travailleurs importés du sous-continent indien, privés de passeport et mourant d'insolation sur des chantiers pharaoniques.

Le point de vue des Dubaïotes, et d'une certaine classe d'expatriés, c'est qu'un système qui profite à tout le monde ne saurait être qualifié de scandaleux. « Si, au fond, ils n'y trouvaient pas leur compte, les Sri-lankais, Pakistanais et Philippins ne viendraient tout simplement pas à Dubaï, m'assure l'une d'elles, qui est aussi responsable de la promotion du Dubai Mall. Ici, ils ont un revenu. Chez eux, ils n'en auraient pas. »

Passer quelques jours à Dubaï, c'est faire l'expérience d'un monde où l'inégalité constitue l'ordre inaltérable des choses. Où les hommes et les femmes, les autochtones et les étrangers, les étrangers des pays riches et les étrangers des pays pauvres, ne sont égaux ni en droits ni en possibilités. On peut trouver cela désagréable, mais la réalité, c'est que le « système Dubaï », s'il faut lui donner un nom, ce modèle économique ouvertement inique, voué au profit des uns par la soumission volontaire des autres, est celui dans lequel baigne une vaste majorité de la population mondiale.

Je pense à ceux qui évoluent, ou n'évoluent pas, dans la plupart des régions nouvellement industrialisées de la planète. À ceux qui travaillent pour la plupart de ces puissances extraterritoriales, hors sol et hors impôts, que sont les multinationales. À ceux qui ne vivent pas dans nos États-providence en faillite. Autant dire la planète entière.

Passer quelques jours à Dubaï n'a donc rien d'exceptionnel. C'est seulement faire l'expérience du monde tel qu'il est.

ISTANBUL

Dans l'aéroport Atatürk d'Istanbul, une gigantesque enseigne Victoria's Secret occupe à la sortie des contrôles de sécurité l'un des espaces commerciaux les plus visibles de la zone des départs internationaux. La boutique forme un demi-cylindre adjacent à un magasin duty free.

Outre la lingerie, on y trouve des parfums et des produits cosmétiques, mais aussi une gamme d'accessoires utiles au voyage : trousses de toilette, coques de téléphones portables, portefeuilles et enveloppes à passeport. C'est dire si « la marque la plus sexy du monde » a toute sa place dans un aéroport.

Partout sur terre Victoria's Secret déploie les mêmes codes couleur, noir et rose, les mêmes images, les mêmes aménagements d'intérieur. Des panneaux d'affichage lumineux montrent des visages de jeunes femmes en extra-gros plan, les cheveux toujours longs, le regard toujours planté dans l'objectif avec une assurance mutine. Des écrans géants diffusent en continu les films des défilés – des femmes en sous-vêtements et talons aiguilles, esthétique porno en version prêt-à-porter – qui ont fait la réputation de la marque.

Depuis le début des années 2000, le fabricant de lingerie d'origine californienne poursuit une politique de croissance internationale agressive qui l'a amené à s'associer notamment avec des opérateurs de magasins duty free, tout en vendant des franchises dans les contrées les plus reculées de la planète. Avec Starbucks et McDonald's, c'est l'une des marques que j'aurai le plus rencontrées au cours du mois écoulé. Le succès important qu'elle connaît aujourd'hui dans les pays musulmans, où j'ai vu nombre de femmes voilées parcourir ses rayons, tend d'ailleurs à démontrer que la conception américaine de la femme-objet est plus proche qu'on ne le croit de celle véhiculée par l'islam traditionnel.

L'aéroport Atatürk, le troisième hub aéroportuaire d'Europe, offre l'un des plus vastes espaces duty free du continent. L'entreprise qui gère à la fois ces magasins et la boutique Victoria's Secret s'appelle ATÜ. Cette joint-venture réunit TAV, l'opérateur des aéroports turcs, et Unifree, une société spécialisée dans la gestion de magasins hors taxe fondée avec des capitaux privés turcs mais contrôlée par le groupe allemand Gebr. Heinemann.

En plus de tous les aéroports en Turquie, ATÜ s'est assuré le monopole du duty free en Tunisie, en Géorgie, en Macédoine et au Kosovo. Elle est aussi présente à Oman, en Arabie Saoudite, en Lituanie et au Texas (dans l'aéroport George-Bush de Houston). Le sentiment que tous les aéroports du monde se ressemblent doit beaucoup à la réussite de sociétés comme ATÜ.

CASABLANCA

Casablanca à travers la vitre sale de l'hiver, un gris de pots d'échappement a éteint la ville. Au petit matin, le vent atlantique a levé les odeurs, troué le ciel, mouillé la poussière. Le long de la côte où s'échouent les détritus en plastique, un boulevard de bitume offre d'échapper à la congestion du centre-ville. À gauche, des palissades de chantier laissent croire à la matérialisation prochaine, ici d'un parc d'attractions, là de logements de luxe avec vue sur l'Amérique, anticipant d'un demi-siècle au moins la croissance économique équitablement distribuée qui permettrait éventuellement l'émergence d'une classe moyenne supérieure. La route qui mène au Morocco Mall est jalonnée de promesses.

*

Il a quelque chose du vaisseau spatial échoué entre deux plages. Vu du ciel, ce serait un suppositoire géant, ou un tampon hygiénique, une forme pseudo-organique qui dit seulement l'intention des maîtres d'œuvre de citer sans talent ni intelligence l'architecture souple et monumentale de Zaha Hadid.

En approchant par le nord-est, l'entrée principale, au pied d'une portion vitrée de la façade, est masquée par un petit édifice sphéroïde et borgne contenant une salle de cinéma IMAX 3D où l'on peut visionner les derniers blockbusters américains pour 70 dirhams la séance. Côté route, le mall s'étire, aveugle lui aussi, en murs bombés gris clair couverts de placards publicitaires géants. Une mosaïque d'écrans à LED occupe une importante surface de ce mur, et achèverait de donner à l'ensemble un aspect de décor de science-fiction s'ils n'étaient pas si souvent éteints.

Une fontaine musicale longe l'édifice à l'ouest : un très long plan d'eau stagnante cache une constellation de pics métalliques et de spots subaquatiques, à l'arrêt pour révision. Alentour, une promenade a été aménagée, de laquelle on voit l'océan qui, ce jour-là, écume de blanc, bouillon de cendre excité par un ciel nerveux. Des terrasses en plexiglas trouent la façade ouest du mall sur toute la longueur du dernier étage.

À moins de dix kilomètres sur cette même côte Atlantique, le Morocco Mall et la Grande Mosquée Hassan II semblent avoir été conçus pour se répondre. Deux temples, chacun dans son genre, qui revendiquent les mêmes superlatifs et justifient leurs proportions par le rayonnement qu'ils sont supposés offrir à la capitale économique du pays, « le plus grand d'Afrique » étant apparemment un titre désirable et disputé, pour un centre commercial autant que pour une mosquée.

Techniquement, le Morocco Mall est un établissement « de destination », le contraire d'un *community mall* : il ne dessert pas uniquement la population locale, mais compte sur la visite de clients venus de loin. Les *destination malls* doivent offrir aux jeunes, aux couples et aux familles qui ont fait le voyage de passer au moins tout un jour sans s'ennuyer. Outre des salles de cinéma, ils comprennent des bowlings, des aquariums, des parcs d'attractions, des fontaines dansantes, des patinoires, des piscines à vagues et des pistes de ski (ces deux dernières ne sont pas incluses dans l'offre du Morocco Mall, et la fontaine dansante est presque toujours en panne).

*

Au bout d'un tapis qui fut rouge, une rangée de portes vitrées s'ouvrent sur un guichet d'accueil sans personnel d'accueil. Des palmiers sont plantés dans une moquette marron. À gauche, la Fnac. En face, la Brioche Dorée. Zone d'influence française, colonialisme d'aujourd'hui. Au-delà, deux couloirs ondulent comme des boyaux, évoquant les entrailles d'une baleine tapissées de néons. Plus loin, l'espace central et son ballet d'escaliers roulants relient les étages supérieurs ouverts en terrasses. Au milieu, l'aquarium géant. Derrière, les Galeries Lafayette. Elles occupent un immeuble dans l'immeuble, objet aux formes molles dont les façades sont couvertes de plaques métalliques couleur or-argent – une coquetterie d'architecte qui aura valu au Morocco Mall sa petite inscription au livre *Guinness des records*, puisqu'il s'agit de la plus grande façade au monde de magasin à l'intérieur d'un magasin.

Je monte pour m'acheter un café.

Il y a là un homme moustachu qui n'a pas quitté son bonnet, et sa femme aux cheveux couverts, la cinquantaine inactive ou post-active, tous deux attablés, sa main à lui entourant passivement un gobelet en carton d'où pend l'étiquette d'un thé Lipton. À l'étage de la restauration rapide, ils sont seuls à écouter le silence entrecoupé des échos lointains de voix montant du premier. Ils n'achèteront rien. Rien que ce thé pour un. « Tout est très cher ici », dit le monsieur. « Nous sommes venus seulement pour regarder », dit la dame.

Regarder. Oui, mais quoi ? Au deuxième étage de la pointe sud-ouest du mall, la zone consacrée à la restauration offre à voir l'un des aspects les plus désolants de la mondialisation. Pizza Hut, Burger King, McDonald's, Domino's Pizza, KFC, ces noms devenus synonymes de cuisine rapide et bon marché, vendent ici leurs formules à des prix qui en font des repas d'exception pour une majorité de la population marocaine. Est-ce le spectacle de cette mondialisation qui court trop vite pour eux que ce couple de vieux Marocains ordinaires est venu regarder ?

*

Je rencontre madame M. dans les toilettes du premier étage, qu'elle est occupée à nettoyer. Faute d'une langue commune, les questions que je lui adresse en français restent suspendues entre deux sourires, dans une odeur de Javel. Un peu plus tard, je la revois aux abords du parking, à la sortie du mall. Enhardie par ce hasard qu'elle juge heureux, elle m'invite avec des signes à la suivre : non loin, elle connaît quelqu'un qui fera l'interprète.

Nous traversons la zone résidentielle directement adjacente au centre commercial, des maisons individuelles avec piscine, rangées comme en Amérique, protégées par de hautes clôtures de part et d'autre d'une rue sécurisée par la présence continue d'un gardien somnolant dans un édicule.

Sans transition, adossé aux villas pseudo-californiennes, un bidonville étale ses tôles, ses chiffons et ses antennes paraboliques, le ruissellement de la boue creuse les chemins exigus, les enfants délaissent leurs jeux de ballon pour s'attrouper à notre passage, nous progressons difficilement dans l'étroitesse et les dénivelés improbables.

Madame M. s'arrête devant la bicoque de madame H. Celle-ci nous invite, dans un français hésitant, scolaire, joyeux, dans le couloir de six mètres carrés qu'elle habite avec son mari et ses trois enfants. Le petit sas d'entrée sert à la fois de cuisine et de salle de bains, séparé de la pièce à vivre par un rideau en lanières de PVC. Elle fait un thé à la menthe, elle sort du pain de semoule. Madame M. et sa sœur, qu'elle est allée chercher entre-temps, sont là également, nous sommes assises sur les bancs couverts de coussins et de tissus bleus et mauves qui bordent le couloir et qui sont aussi les lits des enfants. Au milieu, une table longue, étroite et basse, où le fils aîné de madame H., qui a 10 ans, fait ses devoirs avec une cousine adolescente. Nous conversons à la lumière d'une ampoule nue. Petit intérieur bricolé, intense, exploité à l'économie et rigoureusement bien tenu, où chaque centimètre carré compte, où tout est convertible. La conversation est décousue par l'incompréhension.

Madame M. est employée à la semaine au Morocco Mall, où elle lave les toilettes pour une poignée de dirhams, elle est la mieux lotie des convives. Sa sœur, elle, fait quelques travaux ménagers dans les villas du quartier, tout comme madame H., dont le mari vend des escargots sur la plage. Madame H., qui a à peine plus de 30 ans, est la seule à être allée quelques années à l'école, d'où son français, et sa persistance, peut-être, à croire à l'ascenseur social. Ses enfants marchent tous les jours huit kilomètres pour se rendre à l'école la plus proche, et tandis que d'autres préfèrent envoyer les leurs vendre des mouchoirs au bord de la route, elle est l'une des rares mères du quartier à tout miser sur l'éducation, à faire venir sa nièce deux fois par semaine d'un quartier lointain pour encadrer les devoirs de son aîné, à spéculer, avec une foi à l'épreuve de l'évidence, sur la possibilité d'un avenir meilleur.

Les trois femmes qui m'entourent portent, comme toutes celles que j'observerai dans ce quartier, des robes de chambre en polyester fluo ornées de motifs Disney. La mondialisation – encore elle – est ce phénomène entièrement contre-intuitif par la grâce duquel il est moins cher, pour les plus démunis, de s'habiller en Chine plutôt qu'à leur porte. En Chine, où l'employé(e) d'une usine de textiles est allé(e) copier sans autorisation sur internet une image de *La Reine des neiges*, ou de Winnie l'Ourson, pour l'incruster dans un motif criard reproduit à l'infini sur des kilomètres de tissu molletonné destiné à une large exportation. À l'autre bout de la ligne de porte-conteneurs, il y a ces femmes que la rigueur de l'existence n'empêche pas d'être debout, et qui, couvertes de ces robes de chambre absurdes, sont trahies dans leur dignité par les réalités économiques du libre-échange.

*

Je quitte mes hôtes pour retourner au centre commercial, salutations sans promesses ni lendemains. Derrière les sourires, le torrent contenu des attentes inexprimées.

Les chemins de boue claire s'élargissent en terrains vagues, avec, plus loin, l'odeur des latrines collectives. À l'horizon, une image : un homme, son bras droit, par-dessus le dossier large d'un canapé à l'assise basse, passé autour des épaules d'une femme aux longs cheveux blonds. Devant eux, dans un mobilier aux teintes pastel, deux enfants courent, dont la joie de vivre et l'énergie sont suggérées par le flou de leurs silhouettes en mouvement. Un garçon et une fille, 6 et 8 ans peut-être. Le vaste salon est ouvert sur l'océan par une baie vitrée. Dans un coin, on devine un grand écran plat et, là, une mini-chaîne stéréo, quelques magazines sur une table basse carrée et un vase type Savoy. Derrière les enfants, une grande table rectangulaire blanche flanquée de six chaises d'inspiration Eames et surmontée de deux larges abat-jour en demi-globe. Tout au fond, une cuisine américaine.

Elle n'était pas faite pour être imprimée sur une si grande surface, alors tout est un peu pixellisé sur cette image qui fait la promotion d'un futur programme de logements. Accrochée à la palissade qui cache une décharge en bordure du bidonville, cette publicité sert de cage de but dans le match de foot permanent auquel se livrent les enfants du quartier.

En 2020, Casablanca sera une ville sans bidonvilles. Le plan quinquennal de développement signé fin 2014 prévoit l'évacuation des poches de précarité qui, souvent, bordent les zones résidentielles les plus huppées. Pour cela, les autorités doivent s'accorder d'une part avec les propriétaires des terrains occupés, d'autre part avec les bidonvillois eux-mêmes. Les premiers jugent que l'évacuation, dont ils ont la responsabilité, leur coûte trop cher et refusent de payer. Les seconds estiment que les dédommagements qu'on leur propose sont insuffisants, et qu'une relocalisation serait pénalisante, puisqu'ils tirent leurs maigres revenus des activités qu'ils ont fini par développer dans le quartier (escargots sur la plage, ménages chez les riches voisins, nettoyage du centre commercial). Il se dit que ces bidonvilles poussent invariablement sur de futurs terrains à bâtir, les occupants espérant tirer de l'argent d'une éviction programmée. Il se dit que les bidonvilles ne disparaîtront pas de sitôt à Casablanca.

*

Davide Padoa ressemble à un agent d'assurances dessiné par Tex Avery. Sur la photo où il tient un certificat encadré, il a les dents parfaitement alignées et, sur le front, des boucles de cheveux collées par l'émotion. Derrière lui, des logos de la chaîne CNBC, à l'époque le sponsor principal des International Property Awards, l'un des quelque deux cents concours existants dans le monde pour récompenser les promoteurs immobiliers.

En 2009, Davide Padoa a gagné avec le Morocco Mall le prix de la meilleure architecture dans la catégorie « Immobilier commercial en région arabe ». La photo a été prise à Dubaï. À sa droite, une très jolie jeune femme aux sourcils bien épilés, les cheveux lissés au fer, représente le groupe Aksal, propriétaire du mall. C'est mademoiselle L., la responsable de la communication, que je rencontrerai à Casa. Sans doute était-elle en train de vivre sur cette image l'un des moments forts de sa carrière professionnelle, puisqu'elle choisira, plus tard, de recadrer cette photo autour de sa seule personne pour illustrer son profil sur un réseau social professionnel bien connu.

Davide Padoa a fait ses classes d'architecte en Italie et en Californie, avant de s'expatrier en Indonésie. À Jakarta, où il passe les premières années de sa vie active, il a amplement le temps de se former l'œil à la construction surdimensionnée en mégalopole tropicale. Jakarta est comme Kuala Lumpur et Manille. Lorsqu'il s'installe définitivement à Londres, il rejoint une entreprise spécialisée notamment dans la construction de centres commerciaux partout dans le monde. Il signera, parmi d'autres œuvres grandioses, l'Odysseum de Montpellier.

Comme tous les promoteurs d'immobilier commercial, Aksal a payé pour faire gagner au Morocco Mall les nombreux prix dont il se vante aujourd'hui. Cela fait partie intégrante de tout budget marketing. Les frais d'inscription à ces concours sont importants, mais le nombre de catégories de prix est si grand que chacun est assuré de repartir avec au moins une ligne à ajouter à sa page Wikipédia.

Le groupe Aksal est très satisfait du travail de Davide Padoa. Il pourrait le mandater à nouveau pour construire un autre mall spectaculaire, cette fois à Rabat. À une heure de route l'un de l'autre, dans un pays où 11 % de la population vit avec moins de 20 dirhams par jour (1,9 euro), la présence de ces deux gigantesques centres commerciaux « de destination » ciblant une classe moyenne à supérieure répond à une rationalité économique qui échappe au sens commun.

*

Aux dernières heures de l'hiver, la vallée enchantée des Ammelne se pare des plus beaux contrastes. Çà et là, des tapis herbeux d'un vert éclatant s'allument dans le désert rose et ocre de l'Anti-Atlas, les amandiers fleurissent en blanc, moutonnant sous ce givre fécond. Dans ces vergers miraculeux, le chant des oiseaux est assourdissant.

Avec un peu d'imagination et le sens des simplifications, on jetterait sur la table quelques images sépia, et l'on ferait remonter l'histoire du Morocco Mall aux environs de Tafraout dans les années 1930. Il y aurait là un garçon chleuh en tunique blanche avec un âne et un bâton. Plus loin, un groupe de femmes pétrissant un pain de semoule, les yeux derrière une frange de médailles d'argent.

Haj Ahmed Benlafkih aurait pu être ce petit garçon, et son âne aurait transporté une récolte d'amandes qu'il aurait eu pour mission de vendre au souk, au nom de son père, armé alors du seul mimétisme des enfants et d'un rudiment de connaissance du calcul.

Comme souvent dans les histoires qui débutent ainsi, et qui commencent à nous sortir un peu par les yeux, le petit Benlafkih a fini par faire fortune dans le négoce. Amandes, argan, dattes, les fruits du Souss occidental vendus à Casa, et de là la diversification, l'import-export, une réussite pétrie de labeur, catalysée par l'ambition et les bonnes relations. Finalement, c'est le thé vert importé de Chine, auquel les Marocains ajoutent les brins de menthe et le sucre, qui fera d'Ahmed Benlafkih l'un de ces grands capitalistes marocains dont la richesse accumulée durant le règne d'Hassan II profite encore à la troisième, voire à la quatrième génération de ses descendants. Il est le grand-père de Salwa Idrissi Akhannouch, propriétaire du groupe Aksal.

Salwa Akhannouch aurait pu se contenter d'hériter gros, de faire un bon mariage et trois beaux enfants, ce qu'elle a fait à n'en pas douter puisqu'elle est la femme d'Aziz Akhannouch, ministre ultra-polyvalent proche de Mohammed VI, fils de capitaliste berbère tout comme elle. Mais elle a choisi d'entreprendre, de faire des affaires, avec l'aplomb infusé d'orgueil que l'on connaît, ou que l'on impute souvent, aux femmes de sa région et de sa naissance.

J'ouvre une petite parenthèse sur Aziz Akhannouch, qui a hérité de son père l'ancienne Société marocaine de distribution de carburants, le plus grand réseau de stations-service du royaume. Rebaptisée Akwa, la holding familiale se met à enfler dans les années 1980 à coups de participations tous azimuts, dans les télécoms, les médias, le développement immobilier et les hôtels. Au début des années 2000, elle est le premier importateur d'hydrocarbures au Maroc, quatre cents stations-service, 24 % du marché du pétrole, 34 % du marché du gaz. En 2004, Akwa s'associe à Maersk (le plus grand transporteur maritime au monde) et obtient la concession du premier terminal à conteneurs du port de Tanger Med, une station-service pour cargos idéalement située à l'entrée de la Méditerranée.

Or que fait Salwa Akhannouch pendant que son mari mène de front une double carrière de ministre et de milliardaire ? Elle s'intéresse aux carrelages, revêtements de sol, et décoration d'intérieur. Non en maîtresse de maison, mais en femme d'affaires, pour en organiser le négoce. Nous sommes au mitan des années 1990. En 2001, elle achète sa toute première franchise et ouvre à Casa une boutique de lingerie La Senza, puis une autre à Tanger, et encore une à Casa. Le vrai tournant s'opère toutefois en 2004, lorsqu'elle signe avec Inditex, le géant espagnol du textile détenteur de Zara, l'accord de franchise qui fera sa fortune (personnelle). La holding qu'elle constitue alors pour gérer son portefeuille de marques s'appelle Aksal.

Elle collectionne ensuite les accords de distribution exclusifs pour le Maroc, d'abord avec Massimo Dutti, une autre marque d'Inditex, et vise toujours plus haut, toujours plus cher, avec Dior et Fendi (groupe LVMH), puis Gucci (groupe PPR). Des boutiques ouvrent partout, à Agadir, à Marrakech, à Tanger, dans l'aéroport Mohammed V.

Un beau jour de 2006 ou 2007 – à ce stade, je spécule –, Salwa Akhannouch partage la table de Faisal al-Jedaie, CEO du groupe saoudien éponyme, dont la filiale Nesk s'est justement spécialisée dans l'acquisition de franchises fast fashion et gère, en Arabie Saoudite, en Jordanie, en Algérie, en Égypte et au Maroc, des marques comme Mango, Promod, Call It Spring, Aldo, Stradivarius, Okaïdi, Parfois, Suite Blanco, Vincci ou Origem. Il n'est pas difficile d'imaginer que, ce jour-là, Salwa Akhannouch et Faisal al-Jedaie n'ont eu aucun mal à trouver un sujet de conversation.

*

Le 1er décembre 2011, les groupes Aksal et AlJedaie sont heureux d'inviter des journalistes et célébrités du monde entier à l'inauguration du « plus grand mall d'Afrique », ou « plus grand mall d'Afrique du Nord », au gré de l'humeur et de l'aplomb des communicants. Le Morocco Mall, produit d'un investissement conjoint de 2,7 milliards de dirhams (250 millions d'euros), est sorti de terre après plus de trois ans de travaux, déployant, sous la traditionnelle verrière sans laquelle un mall ne serait pas ce qu'il est, 250 000 mètres carrés de sols en marbre blanc sur trois étages, et trois cent cinquante magasins dont la plupart sont des franchises détenues par les deux groupes associés.

Il faut dire qu'entre-temps, forte de son projet d'ériger à Casa un mall « aussi beau qu'à Dubaï », Salwa Akhannouch a obtenu d'Inditex la concession sur le restant de ses marques, Bershka, Oysho, Uterqüe, Pull&Bear, Zara Home, ainsi que celle d'autres enseignes de fast fashion comme Banana Republic et Gap, de marques de luxe estampillées « polo », comme Ralph Lauren et La Martina, des cosmétiques M.A.C (groupe Estée Lauder), et surtout les franchises Fnac (groupe PPR) et Galeries Lafayette.

La Fnac et les Galeries Lafayette sont deux des trois ancres du mall. La troisième étant le supermarché Marjane, détenu à 100 %

par la Société nationale d'investissement, un fonds qui appartient à la famille royale du Maroc.

Les journalistes marocains, eux, n'ont pas pu participer à l'inauguration. Le jour dit, ils ont été refoulés à l'entrée des bus qui devaient les emmener au tapis rouge. Une attachée de presse leur a signifié qu'ils n'étaient pas les bienvenus au prétexte surréaliste que « les invités internationaux ont souhaité leur absence ».

*

Son Altesse Royale la princesse Lalla Meryem, la sœur aînée du roi Mohammed VI, porte un tailleur à motif tartan rouge qui pourrait être signé Vivienne Westwood. Avec la paire de ciseaux que lui présente une petite fille à diadème, elle coupe le ruban vert couleur d'islam à l'entrée du Morocco Mall. Derrière elle, sous la tente noire incrustée de LED chatoyantes montée spécialement pour protéger les officiels d'une météo incertaine en cette saison, Salwa Akhannouch rayonne dans un tailleur de tweed clair, genre Chanel, aux côtés d'un représentant du groupe AlJedaie en moustache et keffieh rouge et d'un général marocain en tenue d'apparat. Sur un chevalet bien en vue à droite de l'entrée, le roi Mohammed VI, en photo, figure l'ampleur de la fierté nationale.

Les images animées, archivées par le web, de ces deux femmes arabes en tenues modernes, ouvrant la marche d'un cortège d'hommes aux pouvoirs relatifs, donne le sentiment contrasté d'une victoire sans envergure sur un terrain sans importance. Perchées sur des chaussures à plateformes et talons aiguilles, Lalla Meryem et Salwa Akhannouch chancellent sur le sol trop rutilant du nouveau centre commercial. Dans le hall central aménagé pour l'occasion en salle de spectacle, elles assistent, ainsi que les courtisans, à une succession de numéros plus ou moins artistiques, notamment celui de plongeurs déployant le drapeau marocain dans le plus grand aquarium du royaume, au milieu de quelque trois mille poissons probablement apeurés.

On ignore si Lalla Meryem est restée pour le concert de Jennifer Lopez, donné le soir même, devant un parterre de nouveaux riches parmi lesquels s'étaient glissés un ou deux *people* aux pedigrees divers, Bar Refaeli, Clive Owen, Farida Khelfa, François-Henri Pinault. Il paraît que le cachet de Jennifer Lopez pour un concert privé avoisine le million de dollars ; un chiffre qui dit sans doute quelque chose des ambitions, des moyens, des réseaux et de la détermination de Salwa Idrissi Akhannouch.

En 2014, le couple qu'elle forme avec son ministre de mari faisait son entrée en 1 210e position sur 1 675 dans la liste mondiale des milliardaires établie par le magazine *Forbes*. Les avoirs cumulés du *power couple* amazigh se monteraient aujourd'hui à 1,5 milliard de dollars, ce qui les place en dix-huitième position des plus grandes fortunes d'Afrique, et en troisième place au Maroc.

*

Je passe des heures dans ma chambre d'hôtel, incapable de contraindre mon corps à retourner au centre commercial. Au dernier étage, il y a un hammam ouvert sur rendez-vous. La chaleur humide dans laquelle l'hôtesse me laisse baigner ne parvient pas à me réchauffer. Le froid qui m'habite est profond, hors d'atteinte de la vapeur qui ne fait qu'amollir ma peau.

Lorsque l'hôtesse me frotte au gant de crin, d'énormes boulettes de peau morte tombent sur la dalle de marbre humide. Je mue sous ses mouvements longs et puissants, je perds de la matière, je me dépouille, je me réduis.

Casablanca m'est hostile, je n'irai pas à sa rencontre.

*

Durant ses premiers mois d'activité, des agents de sûreté filtraient les visiteurs à l'entrée du Morocco Mall, refoulant notamment ceux qui n'étaient pas assez bien habillés, au nom de la sécurité de l'élite locale et étrangère, alors la véritable cible de l'établissement. Tous les tarifs pratiqués à l'intérieur avaient d'emblée été fixés dans une tranche déraisonnablement haute, à l'instigation sans doute d'un détenteur de MBA que l'on entend d'ici exposer sa théorie apprise par cœur sur le positionnement par le prix (en gros : plus c'est cher, plus c'est désirable).

À son ouverture, Aksal disait compter sur 20 % de clientèle étrangère pour atteindre son objectif annuel de 14 millions de visiteurs. Une proportion manifestement sortie elle aussi comme un lapin blanc du chapeau d'un consultant. Armé de sa calculette magique, il aura fait valoir que l'aéroport de Casa est le principal point d'entrée aérien du pays avec 7 millions de passagers par an, et que 40 % de ces derniers (à la louche) seraient sans doute prêts, avant ou après un vol low cost de deux heures et demie en moyenne, à faire quinze minutes de route pour aller se détendre devant un bon blockbuster américain, boire un milk-shake banane ou se prendre en photo devant les poissons du plus grand aquarium du royaume. En 2014, le site web du Morocco Mall donnait encore les horaires des navettes ralliant les plus beaux hôtels de Casa. Dans les faits, ce service de navettes a très vite été supprimé, faute de demande.

J'ignore combien de temps il aura fallu à Aksal pour se rendre compte que Casa est une ville de 3 millions d'habitants qui, certes, est la moins pauvre du Maroc, mais dont la « classe moyenne » gagne entre 3 500 et 5 300 dirhams par mois (entre 330 et 500 euros). Une fourchette de revenus qui, dans le meilleur des cas, permet d'être juste assez bien habillé pour entrer au Morocco Mall, mais une fois à l'intérieur n'autorise même pas à boire un café tout nu à 15 dirhams.

Au premier trimestre 2016, les Galeries Lafayette fermaient leurs portes. Le luxueux écrin de 10 000 mètres carrés plaqué simili-or inscrit au livre *Guinness des records* est désormais habité en partie par Tati, iconique enseigne rose fuchsia du low cost à la française dont Aksal a obtenu la franchise marocaine peu avant sa mise en faillite. Le reste de l'espace est occupé par Zara Home et Maisons du Monde.

*

Arrogance, *hubris*, aveuglement ou naïveté ? Dans le dernier centile de la courbe de distribution des revenus, il y a cette catégorie de la population à laquelle appartient Salwa Akhannouch, dont on peut raisonnablement douter que sa compréhension de la réalité soit en phase avec celle des 99 % restants de la population.

Au-delà des murs d'enceinte blancs et de la végétation luxuriante qui protègent son castel du quartier Californie de Casablanca, d'aucuns, comme moi, ne voient que les bidonvilles et la poussière de Douar Laâtour. Salwa Akhannouch, elle, voit Paris, Dubaï, Singapour, le ski à Courchevel et l'école américaine pour ses enfants. De l'intérieur de sa limousine, les yeux dans son téléphone portable, les échos du monde qui n'est pas le sien lui parviennent sous forme de présentations Powerpoint soigneusement léchées par des consultants qu'elle paie cher pour qu'ils fassent dire à des statistiques discutables exactement ce qu'elle a envie d'entendre.

Qui peut s'attendre à ce que cette femme entre en conversation, ne serait-ce que par hasard, avec un touriste lambda débarquant à l'aéroport Mohammed V pour lui demander s'il a vraiment l'intention, en préambule ou en épilogue de son circuit de sept jours entre Fès, Marrakech, Ouarzazate et Essaouira, d'aller faire un tour dans le plus grand Zara Home d'Afrique ?

« *Build it big and they will come* », a dit Mohammed ben Rachid al-Maktoum, un autre spécimen issu du dernier centile. Or, si invraisemblable que cela puisse paraître, c'est exactement ce qui s'est produit dans le désert dubaïote. Si Salwa Akhannouch croit pouvoir s'affranchir de la médiocrité économique de ses concitoyens, c'est que d'autres ont fait ce pari avant elle, et l'ont gagné.

*

Ils sont grands, tous les trois. Physique d'athlète, vêtements très près du corps. L'une des deux femmes porte aux pieds des baskets dorées à très hauts talons compensés. Sur le pourtour de son crâne fraîchement tondu, derrière les diamants qui trouent ses oreilles, le jeune homme a demandé à son coiffeur de dessiner des arabesques au rasoir. Ils ont remis leurs lunettes de soleil pour se prendre en photo, tous les trois bouche en cul-de-poule, devant la vitrine de la boutique Gucci. Ils ont une vingtaine d'années peut-être. Celle qui porte un sac Vuitton est la sœur du garçon, celle qui a les chaussures dorées est sa copine.

Lagos est très mal pourvue pour la minorité des ultrariches nigérians à laquelle ils appartiennent manifestement. Là, ils font du tourisme. Demain, ils seront à Londres. On les retrouvera sur les réseaux sociaux, levant leurs verres à cocktail garnis de pailles sous les spots multicolores d'une boîte de nuit à la mode, prenant une pose comique en compagnie d'une statue qui ne signifie rien pour eux, essayant des chapeaux de supporters de foot dans un autre centre commercial, faisant la moue avec des lunettes 3D et un gobelet de pop-corn devant l'affiche d'un film mettant en scène une star américaine quelconque.

Bien sûr, ils ne sont pas 2,8 millions. Mais la rencontre fortuite de trois représentants de cette catégorie de touristes dont j'étais persuadée qu'elle n'existait pas m'ébranle un peu dans mes certitudes.

*

La fonction d'une sirène de grand aquarium est d'offrir un divertissement à la vaste majorité des visiteurs qui n'ont que faire de l'austère discours sur l'écologie marine généralement plaqué sur ces grandes cages à poissons. Ayant renoncé à justifier leur existence aberrante par une pseudo-vocation éducative, les aquariums recourent désormais à la mise en scène des lieux communs de l'imaginaire enfantin pour générer du trafic, comme on dit sur internet quand on publie des photos de chats. Les sirènes d'aquarium sont les cousines des pères Noël de supermarché.

Claire Baudet est la première sirène professionnelle de France. La créature de 25 ans n'est pas seulement une jolie jeune femme aux longs cheveux blonds et au physique avantageux, elle est aussi thésarde à la Sorbonne (caution intellectuelle bienvenue), et une sportive remarquable, puisqu'une sirène doit pouvoir rester longtemps en apnée. Elle travaille régulièrement à l'Aquarium de Paris, mais exerce aussi ses talents en boîte de nuit, et dans les *pool parties* de millionnaires grecs.

À deux reprises, le Morocco Mall en mal de trafic a fait venir de France Claire la Sirène et sa queue de poisson en silicone. Des centaines d'enfants accompagnés de leurs parents étaient attroupés autour de la colonne d'eau de neuf mètres par treize, et jusque dans les galeries des étages supérieurs, pour regarder la fausse créature imaginaire onduler de la monopalme et faire des « bisous-bulles » sur fond de musique signée Disney. Chacun a pu lui tourner le dos pour se prendre en photo en train de ne pas la regarder, tandis que Claire, de l'autre côté du plexiglas renforcé, gesticulait amicalement sans les voir non plus malgré ses yeux grands ouverts, puisqu'il est impossible à un être humain à l'intérieur d'un aquarium de distinguer quoi que ce soit sans un masque ou des lunettes (sans compter que, selon la qualité de l'eau, dont on peut douter qu'au

Morocco Mall elle soit optimale, une performance de ce type revient à se brûler les conjonctives).

Grâce à Claire la Sirène, mais aussi à neuf danseurs de Saman venus de Sumatra faire la promotion du tourisme en Indonésie, à plusieurs concerts de pop-stars marocaines, à divers concours de talents ou de beauté, à un tournoi de Pokémon GO et à tout l'arsenal des événements promotionnels dont disposent les centres commerciaux pour créer du passage, Aksal est en mesure de clamer, la conscience plus ou moins tranquille, que, en cinq ans d'activités, 80 millions de personnes ont traversé son mall.

*

Dans le souk de Rabat, j'ai gagné l'amitié d'un marchand de tapis berbères en acceptant de ne pas le dénoncer à la police pour escroquerie. Cet homme au prénom biblique m'avait vendu un sublime tapis rouge et or de trois mètres par un et demi dont les bords avaient besoin d'être réparés. Il avait promis de l'envoyer chez le meilleur artisan tapissier du pays, puis de me l'expédier en Suisse. Mais, ayant joué aux cartes tout l'argent que je lui avais laissé en gage, il n'avait plus de quoi payer son artisan, qui avait alors gardé mon tapis en otage.

J'ai fait confiance à Y., le fils de ce marchand, qui m'a avoué non sans honte au téléphone que son père dilapidait dans l'alcool et le jeu l'extraordinaire potentiel de son entreprise. Son père, m'a-t-il dit, avait un œil sans pareil, un réseau formidable dans le Sud, et un sens des affaires si remarquable qu'il aurait cent fois mérité d'être riche. Son cœur est bon, m'a juré ce fils, il fallait attendre, l'argent reviendrait, et le tapis avec. Une dénonciation à la police aurait été l'estocade fatale pour cette affaire familiale déjà mal en point, dont sept personnes dépendaient pour vivre.

Le tapis s'étend à présent à mes pieds, habillant d'un genre ethno-chic typiquement bobo le mobilier contemporain blanc de mon bureau.

J'ai rencontré Y. et son père un jour que Casablanca me déprimait, sa schizophrénie, sa grisaille, ses ambitions, les mensonges institutionnels colportés par les attachés de presse, l'injustice qui pave ses rues, sa laideur, sa soumission, l'état du monde en développement qu'elle incarne.

Je ne saurais dire pourquoi, de toutes les villes que je connais au Maroc, Rabat est ma préférée. Peut-être parce qu'elle dégage quelque chose de calmement nostalgique, quelque chose qui n'est pas pressé. Aux dernières heures de ce voyage qui a tué en moi le goût du voyage, la ville royale s'est offerte à moi comme un repli, comme un aveu de faiblesse.

Y. et moi sommes restés amis sur Facebook. Je l'ai vu supporter l'équipe de foot du Maroc, publier des vidéos humoristiques douteuses, photographier des gâteaux en forme de cœur pour la Saint-Valentin, épouser une belle jeune femme et devenir le papa d'une adorable petite fille.

De temps en temps, il m'envoie les photos des plus beaux tapis que son père a rapportés du Sud, des pièces rares, soigneusement choisies, prestigieuses, qu'il soumet par voie électronique à tous les clients, ex-touristes, qui sont passés par sa boutique et avec lesquels il entretient d'excellents contacts virtuels.

La nouvelle génération des marchands de tapis fait un usage remarquable des réseaux sociaux. Affranchie du temps et de l'espace, des frontières et des intermédiaires, elle développe un commerce alternatif fondé sur la relation la plus simple et directe qui soit, un nouveau genre de commerce, à la fois mondial et de proximité.

Aujourd'hui, même s'il en avait la possibilité gratuite, je ne suis pas sûre que Y. choisirait d'ouvrir une boutique dans le Morocco Mall.

*

Rentrer chez soi. Jeter dans la poubelle de l'hôtel des kilos de papiers devenus inutiles, des prospectus, des dossiers de presse, des emballages de chips, des trognons de fruits, des gobelets vides, les cartes de visite de gens que l'on n'a pas aimés, le papier sulfurisé d'un sandwich-merguez, une quinzaine de sacs en plastique. Dans une valise, flanquer en vrac des habits dont l'odeur est devenue insupportable et le matériel électronique qu'on n'utilisera plus de toute manière. Voler une serviette à l'hôtel parce que c'est la tradition, mais le cœur n'y est pas.

Je quitte Casablanca dans un état de détresse psychique que je n'aurais pas imaginé. Le portier de mon hôtel, habillé comme Spirou, se charge d'appeler un taxi pendant que je rumine sur le perron une mauvaise humeur que je ne prétends plus cacher. Depuis quarante-huit heures, je sombre sans résistance dans un silence presque total. Je ne supporte plus personne, y compris moi-même.

Le tour du monde du gigantisme commercial assorti d'un décalage horaire continu sur vingt-trois jours est ce que l'on peut souhaiter de plus cruel à son pire ennemi. Faut-il que je ne m'aime pas beaucoup. Voyager pour prendre le pouls d'une humanité livrée au libéralisme le moins éclairé a tout du suicide moral. Je ne crois plus en rien, et je ne vois plus très clair.

L'aéroport de Casablanca me fait l'effet du supplice de la goutte d'eau.

LISBONNE

Je ne suis pas dans le vol TAP 954 pour Genève. Deux heures et quarante-cinq minutes de retards cumulés à l'aéroport de Casablanca pour des raisons techniques dont tout le monde se désole mais dont personne n'a la responsabilité, et je ne suis pas dans le vol TAP 954 pour Genève.

Il est 20 h 17, je suis à Lisbonne. À 1900 kilomètres au sud-ouest de chez moi. Au même moment, un petit garçon termine son repas, ou, plus certainement, l'aura délaissé pour se consacrer avec l'intensité obsessionnelle de ses 2 ½ ans à son activité préférée : commenter de sa petite voix gaillarde les pages 44 à 47 de *L'Île Noire*, où le gorille Ranko se martèle la cage thoracique et lance de grosses pierres sur Tintin et Milou. Avec lui, un homme dont l'odeur, le compagnonnage me manquent plus que jamais. Il ira coucher son fils, dans une demi-heure peut-être, puis s'installera dans un fauteuil club caramel pour regarder un film en noir et blanc sur le vidéo-projecteur du salon.

Je ne suis pas dans le vol TAP 954 pour Genève et tout s'évacue dans mes larmes, la traversée de vingt-cinq fuseaux horaires et du monde par ses territoires impensés, l'épuisement physique, les pertes successives de mes bagages, du sens, de la foi, du goût, de la parole et de l'envie. Ithaque s'éloigne encore, de quelques heures, d'une nuit à peine, et tremble comme un mirage fragile devant mes yeux mouillés.

*

J'échoue sur un rail de sièges d'aéroport, dossiers et assises d'un seul tenant, larges et carrés, légèrement rembourrés en skaï foncé bleu-gris, les fauteuils reliés par une structure en acier poli, les mêmes qu'à Pékin et Calgary. Je suis dans un espace rectangloïde bordé de verre et équipé d'un Starbucks, au milieu d'un ensemble d'infrastructures de béton racheté en 2013 par le conglomérat français Vinci.

Je ne suis pas dans le vol TAP 954, prisonnière d'un voyage qui refuse son terme, échappe à ma volonté, souhaite ma perte par dilution définitive dans le commerce international et évaporation finale dans l'air conditionné.

Je bascule ma tête en arrière. Au plafond, un grand miroir où je me vois. Je suis cette femme maigre et pâle, les cheveux noirs et secs, blanchis par l'âge, les yeux rougis par l'épreuve, je suis la raideur d'un corps, les os saillants dans la contorsion du cou. Je suis ce visage creusé, qui ne dit pas d'où il vient, pas plus aujourd'hui qu'hier, où tout s'est mélangé au confluent des voyages. Je suis l'Europe et l'Asie, ou ni l'un ni l'autre, un assemblage de traits apatrides, partout questionnés, sans origine fixe.

Derrière moi, éloignées de deux rangées de sièges, je peux voir par le miroir, reflet inversé et renversé, une femme asiatique et une fillette aux yeux ronds. La petite métisse joue avec un singe en peluche, à qui elle fait prendre des poses, des attitudes. Elle se lève, se rassoit, s'agite, s'ennuie. Sa mère la regarde, la prend dans ses bras, la repose sur le siège d'à côté, l'embrasse sur le sommet du crâne. Parfois, elle arrête le temps pour en faire entrer un fragment dans la mémoire familiale : avec son téléphone portable, elle prend sa fille en photo, pianote un peu sur l'écran. Mère et fillette collent l'une contre l'autre leurs joues aux pommettes hautes, sourient face au téléphone à bout de bras, changent de pose, recommencent, re-sourient, avec le singe cette fois. À nouveau, la mère pianote, et la fillette joue. Machinalement, je me demande si un père est à l'autre bout des ondes pour recevoir ces images documentant leur traversée d'un monde toujours plus petit, vers un ailleurs toujours plus connu.

*

Voyager, faire le trajet du désir. Je les regarde, mère et fille. Elles auraient mille raisons d'être là. Tourisme, exil ou retrouvailles. Fuite en avant ou en arrière. Les halls des aéroports, des gares, des autogares et des ports sont pleins de ces désirs en partance qui font ronronner les valises à roulettes et débordent des chariots, désirs qui attendent de s'écouler d'un point de contrôle à un autre, jusqu'au point d'embarquement. Désirs se déplaçant en grappes, dans les airs ou en mer, par voie de terre.

Mon premier voyage, j'avais 3 ans, fut celui d'un exil. J'étais avec ma maman, nous allions nous installer en Suisse. À l'aéroport de Zurich, un homme nous attendait, qui serait le mari de ma maman, et aussi un père pour moi, je porterai son nom. Nous nous étions tous rencontrés en Corée, j'étais née quelques années auparavant, un autre homme avait aimé ma mère, mais qu'importe, c'est ainsi que nous allions faire famille.

Ce vol long-courrier, le premier de ma vie, je n'en ai aucun souvenir. Quelle compagnie aérienne ? Quelles escales ? Quelle appréhension pour ma mère, et quelle excitation, pour ce voyage qui était aussi son tout premier ? Nous devions avoir beaucoup de bagages, forcément, et à l'époque les roulettes des valises ne faisaient pas le même bruit. À quoi pouvait bien ressembler l'aéroport de Gimpo, dans la banlieue de Séoul, dont j'imagine que nous sommes parties, ma maman et moi, en l'an 1980, quand la Corée du Sud était encore cette dictature militaire sous perfusion américaine ? Combien de temps au contrôle des papiers, passeports, visas de sortie, innombrables autorisations arrachées à force de patience, et de contorsions peut-être, à une administration récalcitrante en forme d'usine à gaz ? Hier encore, on ne sortait pas si facilement de Corée du Sud. À la douane, quel regard du fonctionnaire, l'uniforme bombé de son tout petit pouvoir, sur cette mère alors célibataire et son enfant, ces vies sans valeur en partance pour l'autre bout de la Terre ?

Les avions n'ont pas beaucoup changé depuis mon premier voyage, si ce n'est qu'à l'intérieur il y avait l'odeur des cigarettes qui ne dérangeait personne. Nous volions peut-être en jumbo-jet, comme on disait alors, et notre voyage a sûrement duré largement plus de vingt-quatre heures, parce qu'à l'époque on ne survolait ni la Chine ni l'URSS. Avons-nous fait escale au Moyen-Orient ? À Dubaï ? Bahreïn ? Djeddah ? Les aéroports n'étaient pas ce qu'ils sont aujourd'hui, le transport aérien non plus. Avons-nous changé d'avion ou sommes-nous seulement descendues, le temps que l'appareil avale son kérosène ? Combien de temps avons-nous attendu ? J'avais 3 ans, ma maman me donnait la main sans doute, nous étions à mi-chemin, dans un aéroport du désert où circulaient des hommes en keffieh et dishdasha, visions d'un exotisme absolu pour nos quatre yeux ingénus.

Je pense à présent que ma mère pouvait avoir peur. Pas des hommes en robe, mais de tout ce voyage, de ce qu'il signifiait, ce qu'il avait de définitif et de radical. Notre vitesse de croisière, huit cents kilomètres à l'heure, laissait 8 800 kilomètres derrière elle, entre elle et son père, sa mère, ses sept frères et sœurs et son pays, sa langue maternelle, les goûts de sa culture, enfin, entre elle et le monde dans lequel elle était née, le seul qu'elle connaissait alors.

Je parle d'une époque où il n'y avait pas de téléphones portables, pas d'internet, à peine des ordinateurs. Les communications téléphoniques vers l'étranger coûtaient une fortune. Entre la Suisse et la Corée, elles coûtaient carrément un bras. La mondialisation n'existait pas comme aujourd'hui. Il y avait des frontières, les distances résistaient. On n'était pas sûr de trouver un H&M, un Zara et un Starbucks à l'autre bout du voyage. D'ailleurs, que savait-elle, ma maman, de cette Suisse où elle s'exilait ? Avait-elle vu des photos ? Comment se la représentait-elle ? Plus moderne que la Corée, cela ne faisait aucun doute, mais pas encore une image mentale dans laquelle se projeter. Peu importait alors. En Suisse, il y avait des droits démocratiques, la presse était libre et l'air pur. Les femmes qui, comme elle, portaient fardeau de petits bâtards de mon espèce n'étaient pas aussi mal regardées qu'en cette Corée corsetée et fière, où l'on ne plaisante pas avec les liens du sang. Et quand bien même. Elle allait en Suisse pour se marier. Elle était amoureuse.

Voyager. Je l'ai souvent fait depuis. Voyage de retrouvailles avec la Corée, aller, retour, voyages de tourisme, aller, retour, aussi souvent que possible, puis voyages d'affaires, reportages. Mais le tout premier, dont je n'ai aucun souvenir, me hante tous les jours parce qu'il me constitue. Il m'habite, ou plutôt je l'habite encore, je le refais sans cesse. Ce voyage est dans tous mes voyages, je l'interroge, j'en cherche inconsciemment les traces, les sensations, dans chacun de mes déplacements, dans tous les lieux de partance du monde.

Peut-être fréquenté-je les aéroports comme les saumons remontent une rivière. Telle serait ma condition, je la découvre en l'écrivant. En ce mois de janvier 2014, j'ai fait un voyage vaguement insolite qu'au départ je n'avais conçu que pour écrire un livre. Voyage sans agrément, sans destination finale et sans découverte. Voyage qui s'apparenterait à un manifeste, une sorte de voyage-pamphlet. Mais il se pourrait que, au fond, il s'agisse davantage d'un voyage-lapsus, un acte manqué aux proportions touristiques dont il me reste tout à comprendre.

Je ferme les yeux comme on souffle une bougie. Tout s'efface dans la volute confuse d'un souvenir. Quand je les rouvre sur le miroir du plafond, mon reflet s'est envolé.

RÉALISATION : IGS-CP À L'ISLE-D'ESPAGNAC
IMPRESSION : CORLET IMPRIMEUR S.A. À CONDÉ-SUR-NOIREAU
DÉPÔT LÉGAL : MARS 2018. N° 139094 (195000)
IMPRIMÉ EN FRANCE